BERNSTEINREISE

Siegfried Kelka

BERNSTEINREISE

Erinnerung an eine Kindheit

Bibliografische Information der Deutschen Nationalbibliothek
Die Deutsche Nationalbibliothek verzeichnet diese Publikation in der
Deutschen Nationalbibliografie; detaillierte bibliografische Daten sind
im Internet über http://dnb.d-nb.de abrufbar.

© 2012 **Siegfried Kelka**
Satz, Umschlaggestaltung, Herstellung und Verlag:
Books on Demand GmbH, Norderstedt
ISBN 978-3-8448-2680-7

Inhalt

1. Die Flucht

Die Sammelstelle war nur einen Kilometer von ihrem Haus entfernt. Dort wartete ein Autobus, um sie nach Gotenhafen zu bringen. Nach Gotenhafen waren es gut 80 Kilometer, Fahrzeit ein bis zwei Stunden.

In der Nacht hatte es geschneit. Der stiemende Ostwind hatte den Schnee wirbelnd zu kunstvoll bizarren Dünen geformt, die sich wie zufällig quer über die Straßen zogen. An den aus dem Schnee herausragenden kahlen Bäumen konnte man noch knapp den Verlauf der Straße ausmachen. Das Quecksilberthermometer war auf minus 21 Grad Celsius gefallen.

Der heulende Sturm wirbelte unentwegt den pulvrigen Schnee zu wabernden Nebelschwaden hoch und ließ die Sicht auf ein paar Meter schrumpfen. Am östlichen Horizont stieg hinter einem milchigen Schleier zögernd ein blassroter Morgen, vom jungen, stürmischen Tag Besitz ergreifend, empor und verwandelte die sich ständig verändernden Dünen in rosa schimmernde Gebilde.

Eine junge Frau schob ihren acht Monate alten Sohn im Kinderwagen mühevoll, jede Schneewehe umfahrend, vor sich her. Ihre Wangen waren gerötet, die blonden, schweißnassen Strähnen hingen vor ihren Augen. Weitere vier Kinder liefen schweigend Hand in Hand ihrer Mutter nach, die ständig daran dachte, ob sie auch für ihre Kinder das Notwendigste eingepackt hatte. Die älteste Tochter ging als Letzte und passte auf, dass niemand verloren ging. Der klirrend eisige Wind schnitt unbarmherzig in ihre Gesichter und raubte ihnen den Atem. Sie marschierten in gebückter Haltung, eingepackt in Mützen, Jacken, Schals und Handschuhen um sich gegen die ostkontinentale Kälte zu schützen. Ihre Köpfe waren mit schafswollenen Schals umwickelt, nur ein Sehschlitz für die Augen war gelassen. Wolle, welche die Mutter an langen Winterabenden selbst versponnen und zu wärmenden Kleidungsstücken gestrickt hatte.

Bevor sie vor Sonnenaufgang aufbrachen, hatte sie noch als pflichtbewusste, preußische Hausfrau das Blatt vom Abreißkalender, das immer Eselsohren hatte, weil die Kinder häufig die Tage bis zur nächsten Weihnacht zählten, abgerissen. Auf dem nächsten Blatt war eine große fettgedruckte »30« zu lesen, darunter stand »Januar«. Die einzelnen Blätter, die ein kleines Büchlein bildeten, waren auf einem glänzenden, weißen Karton befestigt, welches mit der Jahreszahl 1945 und einigen Werbeschriften bedruckt war. Es war also der 30. Januar 1945.

Gauleiter Erich Koch hatte die Evakuierung der ostpreußischen Bevölkerung verboten und stellte selbständige Fluchtbewegungen unter schwere Strafe. Jetzt wurde plötzlich alles Hals über Kopf unter dem Projektnamen »Unternehmen Hannibal« angeordnet. Die Schiffe an den Ostseehäfen sollten angeblich schon warten.

Der Kleine im Wagen fühlte sich warm und wohl, eingepackt unter einer kleinen Bettdecke, gefüllt mit feinen
Daunen von ostpreußischen Gänsen. Gänse von Hand
aufgezogen gehegt, gepflegt, gefüttert, geschlachtet und
gerupft. Glückliche Gänse, die im Sommer frei auf grünen Wiesen herumliefen und mit ihrem lebhaften Gegacker die Luft über den sanften Hügeln des östlichsten
deutschen Landes füllten.

Jeder wollte einen Platz auf der »Wilhelm Gustloff«
erhaschen, die in Gotenhafen vor Anker lag und für
die Evakuierung der ostpreußischen Bevölkerung vorbereitet war. Ein Schiff mit gigantischen Ausmaßen, 209
Meter lang und fast 24 Meter breit. Dieses Schiff war
die Hoffnung tausender Menschen, die Arche für die
ersehnte Freiheit, die Rettung vor der heranrollenden
russischen Feuerwalze …

Der jüngste Spross unter seinen Kuscheldaunen schlief
selig und süß. Seine älteren Geschwister vernahmen das
ferne Donnergrollen, welches von den Geschützen der
russischen Armee aus dem Osten herüberrollte, wie ein
ostpreußisches Sommergewitter, das sie kannten, als sie
in der Geborgenheit des Hauses am Otto-Reinke-Weg in
Elbing unbeschwerte Tage verbrachten.

An der Sammelstelle stand ein Autobus mit gleichmäßig
dengelndem Diesel. Der Fahrer, ein älterer Mann, der
für den Volkssturm wohl nicht mehr geeignet war, hatte
den Motor laufen lassen, um den Innenraum warm zu
halten. Die Scheinwerfer waren ausgeschaltet und aus

dem Auspuff stieg blaugrauer Rauch. Hilfreiche Hände hoben und schoben die Familie in den Bus, andere folgten, bis jeder Sitz und Stehplatz besetzt war.

»In einer viertel Stunde fahren wir los!« rief der Fahrer nach hinten in den Bus. Die Mutter von fünf Kindern dachte: »Da könnte ich noch versuchen beim Bauern in der Nähe Milch zu holen.« Sie nahm ihre Zweiliterkanne, die sie vorsorglich mitgenommen hatte, wies ihre älteste Tochter an, auf ihre Geschwister zu achten und stapfte los. Die Zeit verstrich und die Fahrgäste wurden unruhig. Nach guten fünfzehn Minuten rief der Fahrer: »Ich fahr jetzt los, sind alle da?«

Die älteste Tochter sprang von ihrem Sitz hoch und rief: »Halt, noch nicht, unsere Mutti fehlt noch!«

Die Kinder hatten Angst, ihre Mutti zu verlieren. Die jüngste Tochter fing an zu weinen und steckte die anderen Kinder mit an. Sie riefen durcheinander: »Mutti, Mutti, wo bleibst du denn?«

Der Busfahrer sagte: »Ich warte noch fünf Minuten, dann fahr ich los, ich habe schließlich einen Auftrag, hier kann doch nicht jeder machen was er will!«

Nach weiteren zehn Minuten, der Fahrer trat auf die Kupplung und legte über einen langen Schalthebel den ersten Gang ein. Dann spielte er mit dem Kupplungspedal und ließ den Bus ein paar Zentimeter nach vorne ruckeln um seinem Vorhaben den nötigen Ernst zu verleihen: »Ich fahr jetzt los!« und an die Kinder gewandt: »Ihr könnt ja wieder aussteigen!«

Er öffnete die hintere Tür und die Kinder schickten sich an, den Autobus zu verlassen. Dann kam sie doch noch, unsere Mutter. Sie lief so schnell sie konnte und wie es der gefrorene Schnee zuließ. In der Hand triumphierend die gefüllte Milchkanne. Alle atmeten auf und als sie den Bus bestieg zollten ihr alle Fahrgäste durch ein brausendes Händeklatschen ihren Respekt.

Dann fuhr das überladene Fahrzeug ruckelnd und schwankend an. Auf dem hart gefrorenen Boden wollten die Reifen, welche teilweise schon bis auf das Textil abgefahren waren, nicht recht greifen, doch der erfahrene Busfahrer lenkte den Bus sicher auf die Straße Richtung Gotenhafen. Die Fahrt sollte über Fürstenau, Tiegenhof, Baarenhof gehen. Dann mit der Fähre über die Weichsel und weiter nach Danzig. In Baarenhof erfuhren sie, dass die Fähre außer Betrieb sei, durch Bomben beschädigt. Weiter nördlich aber, hatten die Pioniere der Wehrmacht eine Behelfsbrücke über die Weichsel gebaut. Nach Süden zu fahren war unmöglich geworden. Die russische Armee hatte ihren Ring um Ostpreußen schon fast geschlossen, nur hoch im Norden, entlang der Ostsee war das Land noch in deutscher Hand. So fuhren sie weiter Richtung Ostseeküste, folgten den anderen Fahrzeugen, welche teils auf der Flucht, teils deutsche Truppen waren. Die Pontonbrücke war beidseitig mit schweren Flugabwehrgeschützen besetzt, um eventuelle Fliegerangriffe abzuwehren.

»Mutti, wie weit ist es noch?«, wollte die älteste Tochter wissen. Sie wusste nur, dass sie auf ein Schiff sollten und es eine lange Reise werden würde. Mit ihren fast zehn Jahren musste sie sich um ihre jüngeren Geschwister kümmern und war für die Mutter eine dankbare Hilfe.

»Wir sind bald da«, bekam sie zur Antwort, obwohl die gute Mutter auch nicht wusste wie lange sie noch unterwegs sein würden. Aber dass die Gustloff am 30. Januar ablegen wollte, das wusste sie.

Über die behelfsmäßige Pionierbrücke hasteten schmuddelig graue Menschengestalten mit ihren Habseligkeiten, von Ufer zu Ufer, alle Richtung Danzig und Gotenhafen, der Hafen der rettenden Freiheit. Dort würde sie warten, die Gustloff, mächtig, stark und unsinkbar, so sagte man. Unter ihnen zog sich der breite Fluss, behäbig mächtige Eisschollen vor sich her treibend, dahin. Die Brücke gab sich dem Spiel des Wassers hin, indem sie gehorsam den gemächlichen Auf- und Abwärtsbewegungen von Strömung und Wellen folgte. Pionieroffiziere beobachteten zwischen optimistischer Hoffnung und sorgenvollem Zweifel dieses Naturschauspiel. Sie waren alle von dem unerschütterlichen Glauben erfüllt, dass die Arbeit ihrer Pioniere dem gewaltigen Druck der Strömung und der Eisschollen standhalten wird. Jeder Teilnehmer dieses unendlichen Trecks atmete erleichtert auf, als er unbeschadet das andere Ufer erreicht hatte. Weiter ging die Fahrt, das Vehikel ächzte und stöhnte, der Motor heulte jammernd auf, wenn die Reifen auf der glatten winterlichen Fahrbahn durchdrehten.

Plötzlich ein Knall… war das ein Schuss? War der Russe schon da? Der Autobus sackte hinten rechts ab, *das Fahrzeug rumpelte und polterte und ein schlackernd schlurfendes Geräusch sagte dem erfahrenen Chauffeur, dass ein Reifen geplatzt sein musste. Der Fahrer vor dem Lenkrad fluchte leise vor sich hin: »Daiwel noch mal, hab's doch gleich gewusst!«, schimpfte er, »mit so einem elenden Vehikel ohne Gummi auf den Reifen, das kann ja nicht gut gehen!«*

Nach ein paar Metern stand der Bus und er rief nach hinten: »Wir haben eine Panne, alles aussteigen, Reserverad gibt es nicht, nach Gotenhafen sind es noch ungefähr sieben Kilometer, ihr müsst zu Fuß weitergehen!«
Während die Flüchtlinge ausstiegen hörte man sie jammern und fluchen. Eine Frau sagte: »Wer weiß, was uns noch alles bevorsteht!«

Von der Angst getrieben, sie könnten die Abfahrt ihres rettenden Schiffes verpassen, machten sie sich auf den Weg und folgten der endlosen Menschenschlange, die sich seit Tagen gebildet hatte, um ihr Ziel, den Hafen von Gotenhafen, zu Fuß zu erreichen.

Nach einigen Kilometern Fußmarsch machte das Murmeln und Schimpfen der Flüchtlinge einem frostigen Schweigen in der eiskalten Luft Platz. Es waren nur die Schritte der Menschen zu hören, ab und zu ein durch Stiefel verursachtes Knirschen im frisch gefallenen Schnee. Oder ein wimmerndes Kind, eine blökende Kuh die ein Kleinbauer an seinen Wagen gebunden hatte. Den Lungen tausender Menschen und Tiere entströmte heißer Atem, welcher sofort in der klirrend kalten Luft zu kleinsten Wassertröpfchen kondensierte und sich zu einem schwermütigen Nebelschleier über die Flüchtenden senkte, so als wolle er sich damit schützend über sie legen. Ein unendlicher Treck von Menschen, Tieren, Kinderwagen, Bollerwagen, Fuhrwerken und Pferdewagen. Alles beladen und überladen mit allem was man noch schnell einpacken konnte und wo jeder meinte, es sei das Wichtigste. Dieser unendliche Flüchtlingstreck erstreckte sich über das flache Land zwischen der Weichsel und Danzig. Von Zeit zu Zeit wurden sie von Wehrmachtswagen der Deutschen Armee überholt. Darauf sitzend zerlumpte und abgemagerte Soldaten, stupide vor sich hin starrend. Auch Panzer kamen rücksichtslos mit quietschenden Ketten über die Straße gerasselt. Einige der Flüchtlinge konnten sich nur durch einen beherzten Sprung in den Straßengraben retten. Dort lagen, neben Fuhrwerken mit gebrochenen Achsen oder geborstenen Deichseln, ausgebrannte Militärfahrzeuge, zerschossene Panzer, steif gefrorene Kadaver von Pferden, Leichen, kleine in Lumpen gehüllte Menschlein, die verzweifelte Mütter zurücklassen mussten, um ein Grab auszuheben war die Erde zu hart gefroren.

Einer rief dem scheppernd davonrasenden Panzer mit drohender Faust nach: »Du dreibastiger Pumuchelskopp, willst uns auch noch umbringen?«

»Ich habe Hunger!«, meldete sich die jüngste Tochter, gerade mal zwei Jahre alt. Sie musste die meisten Schritte absolvieren, mit ihren kleinen Beinchen rutschte sie oft auf dem hart gefrorenen Boden aus und hielt sich deshalb am Kinderwagen ihres kleinen Bruders fest. Teilweise wurde sie abwechselnd von ihrer großen Schwester und ihrer Mutter getragen.

»Wir machen gleich eine Pause.« Die Mutter dachte an die Lebensmittel, die sie noch schnell in den Rucksack gepackt hatte und den sie auf ihrem Rücken trug. Nur haltbare Esswaren, geräucherte Wurst, Schinken und Speck, eingekochtes Gänsefleisch, hart gekochte Eier, ein paar Äpfel, Schwarzbrot und eine Flasche Milch für den Kleinsten im Kinderwagen.

Sie wurden von einem Fuhrwerk überholt. Ein betagter Bauer auf dem Kutschbock warf einen Blick auf die blonde Frau mit ihren Kindern und wandte sich an seine Begleiterin neben ihm: »Den Vater ham se wohl noch zum Volkssturm geholt, Erbarmung, die arme Frau mit fünf Kindern, drei Marjellens und zwei Lorbasse.« »Oh mein Gott«, sagte die Frau neben ihm, »wie wird das noch alles enden!«

Die Sechsergruppe schaute sehnsüchtig dem Pferdewagen nach, der aber war übervoll bepackt mit Menschen, Hausrat, Kisten und Säcken. Die meisten Flüchtlinge dachten wohl, dass sie bald wieder in ihre Heimat zurückkommen könnten. Es sollte anders kommen…

Dann wurden sie von einem langsam fahrenden Lastwagen überholt. Nach zwanzig Metern hielt er an und als die sechs am Wagen waren rief ein Mann aus dem Führerhaus: «Wir können euch ein Stück mitnehmen, steigt hinten auf!« Die Freude war groß, eifrig helfende Hände hoben und zogen die Familie ohne Vater auf den Laster und weiter ging die Fahrt. Man kam nur langsam voran. Immer war die Straße verstopft oder man musste rechts ranfahren um eilige Militärkolonnen vorbei zu lassen oder um auf ein stehen gebliebenes Fahrzeug zu warten. »Sind unsere Soldaten auch auf der Flucht?«, wollte die älteste Tochter wissen. »Ich dachte sie halten die Russen auf, damit wir gesichert wegfahren können?« Nach einer halben Stunde, sie hatten Danzig schon hinter sich gelassen, kamen sie an eine Kreuzung. »Wir haben Befehl, zurück zur frischen Nehrung zu fahren«, sagte der Fahrer, »ihr müsst nur dem Treck folgen, immer Richtung Gotenhafen!«

Die Familie stieg vom Lastauto und schloss sich wieder dem langen Flüchtlingstreck an. Der ältere Sohn wandte sich an seine Zwillingsschwester: »Ich hätte meine Angel mitnehmen sollen, dann könnte ich in der Ostsee Fische fangen und wir hätten mehr zu essen.« Die siebenjährige Schwester erwiderte: »Und ich habe in der Eile meine Lieblingspuppe vergessen, es ging alles so schnell.« In der kleinen Faust hielt sie unter dem Handschuh ein kleines bräunlich-gelbes, etwa zwei Zentimeter im Durchmesser großes Steinchen, das sie von ihrer Oma zum 7. Geburtstag bekommen hatte. Es war ein Bernstein, roh und ungeschliffen. Ihre Oma hatte diesen Stein nach einer stürmischen Nacht im letzten Sommer an der Küste der Ostsee, an der frischen Nehrung, gefunden. Jetzt hütete das Mädchen diesen Stein wie ihren Augapfel, nicht einmal ihre Mutter wusste, dass sie ihn dabei hatte. Ihr *praktisch denkender Zwillingsbruder hatte es längst bemerkt, er flüsterte leise: »Deinen Bernstein könnte man gegen Angelhaken eintauschen, vielleicht bekäme ich sogar ne ganze Angel dafür.«*

Nun kamen sie an einen stehenden Leiterwagen, dort hatten sie Stroh in den Schnee geworfen und ein Feuer gemacht. Alle saßen auf den Strohballen, einer versuchte in einem Topf Schnee zum Schmelzen zu bringen, um dann Tee oder Kaffee zu kochen. Die gute Mutter fragte, ob sie sich dazu gesellen dürften, mit einem Blick auf ihre Kinder wurden sie mit einer Handbewegung eingeladen, sich dazu zu setzen. Der Sprössling im Kinderwagen fing an zu quengeln, er hatte wohl auch Hunger und sicher die Windel voll. Die Milchflasche wurde ausgepackt, der Inhalt war nicht gefroren, sie lag mit unter der warmen Decke im Kinderwagen. Die Milch wurde am Feuer warm gemacht, die Lebensmittel ausgepackt und alle aßen und tranken mit gutem Appetit. Die Gastgeber boten den Kindern zu essen und zu trinken an, was freudig angenommen wurde.

»Wir kommen aus Elbing«, berichtete die junge Mutter.
»Und wir kommen aus Pomerendorf, haben dort unseren Hof verlassen müssen, vorher haben wir noch unser Vieh freigelassen.«

Die Mutter dachte an ihre Geschwister, die auf dem Hof ihrer Eltern in Schwangen bei Mülhausen geblieben waren. Sie waren der Meinung, dass die Russen ihnen schon nichts tun würden, sie waren doch bloß harmlose

Bauern, haben niemandem etwas zu Leide getan. Und außerdem waren sie der Meinung »Das Adolfje wird das schon mache...« Tragischerweise mussten sie später erfahren, dass sie sich geirrt hatten...

»Wenn nichts dazwischen kommt, sind wir in einer Stunde in Gotenhafen«, meinte der vermeintliche Anführer der rastenden Gruppe. »Die Gustloff soll wohl um 13:00 Uhr ablegen, jetzt ist es 11:00 Uhr, also gehen wir weiter damit wir das Schiff nicht verpassen!«

Nach knapp einer Stunde war die Familie kurz vor dem Hafen. Von weitem hörte man schon die typischen Hafengeräusche. Schiffshörner, Möwenschreie, Stimmengewirr, Rufen, Weinen. Beim näher kommen schauten sie in verzweifelte Gesichter, einige weinten, andere fluchten. Einer sagte: »Die wollen uns nicht mitnehmen, das Schiff ist voll, sogar überladen, wir müssen auf ein anderes Schiff warten, vielleicht sogar bis morgen, da drüben in der Halle sind behelfsmäßige Lager eingerichtet worden, dort könnte man auch übernachten!«

In der ehemaligen Fischhalle roch es nach verdorbenem Fisch, Krankheit und Tod. Sie war mit herunterhängenden Decken in kleine, quadratische, 4 mal 4 Meter große Parzellen eingeteilt. Die erschöpfte Familie suchte sich solch einen freien transparenten Raum mit 16 Quadratmetern und bezog darin Quartier. In einer Ecke waren Strohsäcke gestapelt, die Kinder zogen und zerrten an den Säcken, um sich für jeden einen als Schlafplatz für die Nacht einzurichten.

Um 13:10 Uhr legte die *Wilhelm Gustloff* mit schätzungsweise zehntausend Menschen ab, eine Fahrt ins Ungewisse. Das mächtige Kreuzfahrtschiff war 1937 in der Hamburger Werft »Blohm und Voss« vom Stapel gelaufen. Es wurde nach dem von den Nationalsozialisten zum Märtyrer stilisierten Wilhelm Gustloff benannt, weil der 1936 von einem Studenten in der Schweiz erschossen wurde. Die Außenhaut des Schiffes war zwecks Tarnung mit einem nebelgrauen Anstrich versehen und nicht als neutrales Passagierschiff, geschweige denn als Flüchtlingsdampfer, zu erkennen. Auf ihm befanden sich, außer den Flüchtlingen, zahlreiche Soldaten und Verwundete. Waren die Menschen noch so unterschiedlich, so hatten sie doch ein gemeinsames Ziel: Mit heiler Haut das Festland im Westen erreichen. Das Schiff wurde von vier Kapitänen geführt: Nach langem Hin und Her, vielen Argumenten und Abstimmungsdurchgängen entschlossen sich die erfahrenen Schiffsführer, nicht die flache, küstennahe Route zu fahren, sondern den weiter draußen liegenden Seeweg. Sie wurden von zwei Kriegsschiffen als Geleitschutz eskortiert...

Für die junge Familie waren erst einmal alle Hoffnungen auf ein Weiterkommen verflogen. Die russische Armee zog ihren Umklammerungsring immer enger und das Schlachtgetöse kam beängstigend näher. Aber sie waren froh, ein Dach über dem Kopf zu haben und sie hatten gehört, dass noch mehr Schiffe den Befehl hatten, dem Unternehmen Hannibal zu folgen. Das Deutsche Rote Kreuz hatte eine Feldküche aufgebaut und versorgte die

wartenden Menschen mit warmen Getränken und heißen Suppen.

Die Nacht war unruhig und schlaflos. Es war ein stän-
diges Kommen und Gehen in dieser Lagerhalle. Viele
husteten, andere weinten, einige redeten beruhigend
auf Kinder oder hilfsbedürftige Menschen ein. Vom Hafen hörte man ab und zu Kanonendonner der aus den
Geschützrohren der deutschen Kriegsschiffe kam und
wohl den russischen Stellungen galt, die sich bedrohlich
nahe Gotenhafen genähert hatten. Die Familie hatte
die Strohsäcke dicht zusammengelegt und sich so darauf
verteilt, dass sie so eng wie möglich beieinander lagen,
um sich gegenseitig zu wärmen. Der Kleinste schrie aus
vollem Halse, er brauchte wohl frische Windeln. Die
Mutter hatte nur 5 Ersatzstoffwindeln eingepackt. Man
konnte sie nur notdürftig säubern, im Schnee oder mit
etwas warmem Wasser vom Roten Kreuz.

Am nächsten Morgen war es ziemlich still in diesem Lager
von bunt zusammen gewürfelten Menschen. Viele waren
erst im Morgengrauen eingeschlafen. In der Nacht war
die Schneedecke um einige Zentimeter angewachsen, der
Wind hatte sich gelegt und es lag eine schläfrig gespannte
Ruhe über dem Hafen von Gotenhafen. Sanfte Wellen
plätscherten gegen die Kaimauern, das Wasser hatte
eine Temperatur von 2 Grad Celsius. Auf den Fischer-
booten hingen bizarre Eiszapfen an den Dachrändern
der Kajüten. Das Eis teilte das Licht der aufgehenden
Sonne, gleich einem Prisma, in seine Spektralfarben und
malte durch das Auf- und Abdümpeln der Boote auf dem

Wasser ein schillernd buntes Farbenspiel. Einige Möwen saßen aufgeplustert auf den mit Schnee bepackten Pfählen und blinzelten in den aufgehenden Feuerball. In diese schon fast friedliche Stille platzte plötzlich ein Rot-Kreuz-Helfer und brüllte: »Die Gustloff ist untergegangen, sie wurde von einem russischen U-Boot torpediert!« Panische Angst breitete sich unter den Menschen aus. Das Stimmengewirr wurde lauter, einige rieben sich die Augen, sie wurden aus dem Schlaf gerissen und fragten nach, was los sei. Viele dachten sofort daran, in ihre Heimat zurückzukehren.

Später erfuhr man, dass die Gustloff von drei Torpedos getroffen, am 30. Januar 1945 gegen 22:15 Uhr gesunken ist, mit ihr zehntausend Passagiere. Ungefähr eintausend Menschen wurden von vorbeifahrenden Schiffen gerettet, neuntausend fanden den Tod im eiskalten, nur 2 Grad kalten Wasser. Die genauen Zahlen konnten nie ermittelt werden, außer den registrierten Passagieren hatten schätzungsweise über zweitausend Menschen die Gustloff vor dem Ablegen gestürmt.

Der russische Kommandant Alexander Marinesko war mit seinem U-Boot S13 auf Feindfahrt. Er war eigens mit seiner mit Torpedos voll beladenen schwimmenden Kampfmaschine zwischen Gustloff und Festlandküste gefahren um beim Auftauchen nicht so schnell entdeckt zu werden. Er stand unter Erfolgsdruck und durfte sich nicht ohne bedeutenden Versenkungserfolg im heimatlichen Sowjet-Hafen sehen lassen. Zwei Stunden verfolgte er die Gustloff auf Backbordseite und wartete geduldig auf eine günstige Angriffsposition. Es wurde ihm ziemlich leicht gemacht, die Gustloff hatte die Positionslichter eingeschaltet, weil sich angeblich ein Verband in offener Formation auf Gegenkurs befand. Dann feuerte er aus 500 m Entfernung vier seiner Torpedos auf das tarnfarbengraue Schiff mit zehntausend Menschen ab. Eine der Wasserraketen blieb im Rohr des U-Boots stecken, die anderen bohrten sich drei Meter unterhalb der Wasserlinie in den Rumpf der stolzen Gustloff und rissen mit ihrer vollen zerstörerischen Explosionskraft drei riesige Löcher in die Schiffswand. Das getroffene Schiff versank wie ein Papierdampfer innerhalb einer guten Stunde schäumend und gurgelnd in der tobenden Ostsee. Die meisten Menschen hatten keine Chance, es waren nicht genug Rettungsboote an Bord und in dem eiskalten Wasser konnte man nur kurze Zeit überleben.

Die gute Mutter mit ihren fünf Kindern war entsetzt. Ihr taten die Menschen leid, die solch ein grausames Schicksal erleiden mussten. Sie setzte sich auf einen Strohsack, senkte den Kopf, faltete die Hände und betete zu Gott indem sie ihm dankte, dass er sie vor diesem Schicksal bewahrt hatte. »Mutti, warum weinst du?« fragte ihre zweijährige Tochter. »Weil ich traurig bin, wegen der vielen Menschen und weil ich glücklich bin, dass ich euch noch habe«, bekam sie schluchzend zur Antwort.

Die älteste Tochter und die Zwillinge stellten sich an die lange Schlange vor der Essensausgabe des Roten Kreuzes. Sie traten von einem Fuß auf den anderen, um sich warm zu halten. Jeder hatte einen Blechtopf in der Hand in der Hoffnung diesen gefüllt mit etwas Essbarem und Trinkbarem zu ihrer Mutter und den beiden kleinen Geschwistern zu bringen.

Nach dem Frühstück gingen sie zur Kaimauer, wo Schiffe warteten, die sie evakuieren sollten. Doch leider mussten sie erfahren, dass die Schiffe ab jetzt nur bei Dunkelheit fahren durften, wegen der Gefahr von Tieffliegern angegriffen zu werden. Also verbrachten sie den Tag in der Lagerhalle und warteten zwischen Hoffen und Bangen auf die Aufforderung an Bord des Schiffes gehen zu dürfen. Die Mutter schickte die älteste Tochter los, mit dem Auftrag etwas Milch für den Kleinsten zu organisieren. Die kleinste Tochter spielte zwischen den Gepäckstücken der anderen Flüchtlinge, vergaß Zeit und Raum, war plötzlich draußen und wusste nicht mehr wo sie war. Die Mutter war besorgt, gerade war sie doch noch da? Draußen liefen desertierte Soldaten herum, die darauf aus waren, auf irgendeine Art einen Platz auf einem der Flüchtlingsschiffe erhaschen zu können. Einer dieser Soldaten, der sofort exekutiert worden wäre, hätte man ihn erwischt, beobachtete das kleine Mädchen, welches nach seiner Mutter rief. Er schlenderte auf sie zu und sagte mit freundlichem Grinsen: «Na Kleine, suchst du deine Mutti? Ich weiß wo sie ist, sie sind schon auf dem Schiff, komm ich bringe dich zu ihr.»

Am späten Nachmittag, die Wintersonne stand schon tief, die Pfosten an der Kaimauer warfen gigantische Schatten auf das froststarre Hafengelände, das Thermometer zeigte immer noch minus 18 Grad Celsius, rief ein Soldat in die Lagerhalle: »Alle an Bord des Minensuchboots gehen, Frauen und Kinder zuerst!« Vor der Gangway waren Soldaten postiert, sie traten von einem Fuß auf den anderen um der beißenden Kälte etwas entgegenzusetzen. Mit strengen Blicken achteten sie darauf, dass auch wirklich zuerst Frauen und Kinder das Schiff betraten. Der Deserteur mit Karin an der Hand betrat die Gangway, sein Mund war staubtrocken, er konnte nicht einmal Speichel schlucken, so saß ihm die Angst im Nacken. Er sagte mit heiserer Stimme, während er auf das kleine Mädchen zeigte, zu den Wachsoldaten: »Meine Tochter, meine Frau macht hier Dienst beim Roten Kreuz.« Ein Handzeichen bedeutete ihm, dass er mit dem Kind das Schiff betreten durfte.

Die Mutter, welche ihre kleine Tochter vermisste, war verzweifelt. Doch die älteste Tochter, sie war wachsam und hatte ihre Aufgabe, die Geschwister beisammen zu halten, ernst genommen. Sie hatte beobachtet wie ein Mann mit ihrer kleinen Schwester das Schiff betrat. Sie beruhigte ihre Mutter indem sie ihr ihre Beobachtung mitteilte. »Wir werden sie schon auf dem Schiff finden, es ist ja nicht so groß.«

Es war ein Geschiebe und Gedränge an der Hafenmauer. Einer rief: »Hier ist eine Frau mit vier Kindern, lasst sie durch!« Die Soldaten machten Platz und halfen der Familie samt Kinderwagen und Gepäck auf das Schiff. Alle hatten ein mulmiges Gefühl, mit den Gedanken an die heute vernommene Nachricht über die Versenkung der Gustloff, betraten sie dennoch diesen rostigen Minensucher.

Nachdem das Minensuchboot mit den Flüchtlingen, einen langen, heiseren Ton durch sein Nebelhorn in die unendliche, dunstige Weite zwischen Ostsee und Hochnebeldecke geschickt hatte, legte es ab und nahm Kurs in die aufsteigende Dunkelheit, Richtung Sassnitz Ostseeinsel Rügen. Die Menschen drängten sich auf Ober- und Unterdeck, jeder bemüht, Schutz vor dem Fahrtwind zu finden, der noch eisiger und unbarmherziger war als der auf dem Festland. Unsere Familie fand einen Platz auf dem Unterdeck und war froh, die Fahrt in der windgeschützten Zone zu verbringen.

Als nächstes galt es die jüngste Tochter zu finden. Die Älteste wurde geschickt, um ihre Schwester zu suchen. Sie lief und schaute im ganzen Schiff umher, auch unter den Planen der Rettungsboote, fragte diesen und jenen ob er nicht ein kleines Mädchen mit blonden Zöpfen gesehen hat. Schaute in Winkel und Ecken, hinter großen Gepäckstücken, so ein kleines Geschöpf konnte man auch dort verstecken. Sie wollte schon resignierend aufgeben, da hörte sie ihren Namen rufen:

»Traute!!!« Die kleine Schwester kam auf sie zu gerannt und sprang mit aller Kraft an ihrer großen Schwester hoch, dass sie fast umgefallen wäre.

»Mensch bin ich froh«, sagte sie, »hat er dir auch nichts getan?«

»Nö, der war ganz artig, hat mir Schokolade geschenkt.« Triumphierend hielt sie der großen Schwester ein in Silberpapier eingewickeltes Stück entgegen. Schnurstracks liefen sie zu ihrer Familie zurück, ihrer Mutter schossen die Tränen in die Augen, so froh war sie, dass jetzt alle wieder beisammen waren.

Das Schiff stampfte und schaukelte, sämtliche Positionslichter waren ausgeschaltet. Der Schiffsdiesel tuckerte ein monotones Abschiedslied vor sich hin. Aus dem Schornstein stieg gleichmäßig dunkelgrauer Qualm, der sich, durch Fahrt und Wind angetrieben, nach hinten in den dunstigen Himmel verflüchtigte.

Der siebenjährige Sohn zeigte plötzlich Interesse für die Techniken des Schiffes. Er strolchte überall umher, prüfte die Stärke der Schiffstaue, schaute in die Rettungsboote, schätzte die Fahrgeschwindigkeit des Schiffes, schaute sehnsüchtig ins Wasser und bedauerte zum wiederholten Male, dass er seine Angel nicht dabei hatte. Er sah in der Dämmerung Möwen, welche das Schiff begleiteten, die darauf warteten etwas Fressbares im Wasser oder aus der Luft zu schnappen. Während er träumend in den Abendhimmel schaute, wo sich bereits die ersten Sterne zeigten, spürte er plötzlich einen schraubstockartigen Griff an seiner Bekleidung in Höhe seines Nackens. Es war die riesige Faust des dritten Offiziers, welcher für die Sicherheit und Ordnung auf dem Schiff bemüht war.

»Na Kleiner, was suchst du denn hier!?«, bellte er in scharfem Ton, »bist wohl deiner Mutter ausgerissen?« Dem Knirps fuhr ein lähmender Schreck in seine Glieder.

Er erinnerte sich sofort an die strengen Erziehungsmaßnahmen seines Vaters und erwartete nichts Gutes. Die
mächtige Faust hob den Knaben in die Höhe und hielt
ihn über die Reling, unter ihm nur noch das kochende
Wasser der Ostsee. »Soll ich dich jetzt fallen lassen?«,
zischte der Matrose durch seine von Priem und Tabak
geschwärzten Zähne, ein Bär von einem Mann. Dem
ostpreußischen Lorbass gefror das Blut in den Adern,
nur in seinem Kopf pulsierte und hämmerte es. Er kniff
beide Augen zu, in der Hoffnung, dass alles nur ein
Traum war. Der Schreck blockierte sämtliche Synapsen
in seinem Gehirn, sodass er unfähig war nur einen Ton
von sich zu geben. Die Angst ließ sämtliche Schließmuskeln in seinem Körper temporär ihren Dienst aufgeben,
und der heiße Inhalt seiner Blase verteilte sich im Stoff
seiner Hose. Nachdem der riesige Kerl ihn noch ein paar
Mal geschüttelt hatte, stellte er den verstörten Bengel
wieder auf die Schiffsplanken zurück und befahl ihm
jetzt schleunigst zu seiner Mutter zu laufen, sonst würde
er ihn doch noch ins Meer werfen. Ab jetzt wich der
älteste Sohn nicht mehr von der Seite seiner Mutter.

Die Schifffahrt mit dem Minensuchboot kam den Passagieren wie eine Ewigkeit vor. Alle trugen Schwimmwesten, in dem Wissen um die versenkte Gustloff hofften
und beteten alle, dass sie heil in Saßnitz ankommen
mögen. Man sprach kaum ein Wort, jedes ungewöhnliche Geräusch von draußen ließ die Flüchtlinge aufschrecken. Nach einer schier unendlichen Fahrt waren
schließlich die ersten Umrisse der Hafenstadt sichtbar.
Als das Schiff dann im Hafen anlegte, ging ein hörbares

Aufatmen durch die Menschenmasse. Die Stimmen wurden lauter, einige lachten, andere weinten vor Glück, dass sie unbeschadet das Festland erreicht hatten. Nun begann das Ausladen. Darauf ging es weiter zum Bahnhof, der ganz in der Nähe war. Dort standen Züge mit unterschiedlichen Eisenbahnwagen. Ganz normale Personenwaggons wechselten mit Güterwagen, offen und geschlossen dann wieder Viehtransportwagen.

Die geschlossenen Personenwagen waren bis auf den letzten Platz besetzt. Mütter hielten ihre Kinder auf dem Schoß, die Gänge waren bis auf den letzten Platz mit Gepäck belegt. Auch die Gepäckstücke wurden als Sitzgelegenheit genutzt. Es war kein Durchkommen, man musste sich mit akrobatischen Bewegungen durch dieses Chaos arbeiten. Unsere Familie fand einen Platz in einem zugigen Viehwaggon. Wenigstens war er geschlossen, obwohl zu erwarten war, dass der eisige Fahrtwind mächtig durch alle Ritzen und Spalten pfeifen würde. Auf dem mit Viehkot verschmutzten Bretterboden lagen mehrere Haufen Stroh, teils mit Fäkalien vermischt, teils durchnässt. Die Menschen vom Land nahmen den Geruch von Milchkühen oder Gras auf, andere rochen einen Kuhstall, wieder andere Nasen definierten den Geruch einfach nur als Kuhscheiße. Die offene Waggonschiebetür ließ zwar kalte aber immerhin frische Luft in den Viehtransportkasten. Unsere Familie sortierte aus dem Stroh das trockene saubere aus und bereitete für sich ein Lager, es sollte noch eine lange Fahrt werden.
Die Sonne tauchte in den rot glühenden, westlichen Ost-

seehorizont und eine gnädige Nacht senkte sich sanft über Insel und Meer. Nachdem alle Wagen mit Flüchtlingen voll gestopft waren, signalisierte ein Beamter der Reichsbahn mit einer roten Mütze durch einen langen, vibrierenden Pfiff aus seiner Trillerpfeife dem Lockführer die Abfahrtbereitschaft des Zuges. Die schwere Dampflokomotive am Anfang des Zuges gab ebenfalls einen zischend-heiseren Ton von sich. Der Lokführer ließ durch eine Hebelbewegung heißen Dampf in zwei Antriebszylinder strömen. Mit der Kraft von 2000 Pferdestärken setzte sich stampfend, schnaubend und ruckelnd das schier endlose Eisenbahngespann in Bewegung.

Der überfüllte Zug durchquerte ohne Zwischenfall und ohne Halt die Insel Rügen, er hielt weder in Bergen noch in Samtens noch in Rambin. Er fuhr sehr langsam. Der Lokführer und sein Heizer starrten unentwegt, auf den vor ihnen im fahlen Mondlicht fast unkenntlichen Schienenstrang, immer auf der Hut ob nicht durch Bomben oder Sabotage irgendwelche Beschädigungen zu entdecken seien. Die Fahrt ging weiter über den Rügendamm nach Stralsund. Dort wurde eine erste Pause eingelegt. Die Passagiere hatten Gelegenheit ihre Notdurft zu verrichten. Der Tod war allgegenwärtig. Bei jedem Halt wurden tote Körper, meist Kinder oder Greise, eiligst im schmutziggrauen Schnee, nicht weit vom Bahndamm, verscharrt und der Natur überlassen.

Keiner wusste eigentlich so recht, wo es hingehen sollte. Bis jetzt hatte unsere Familie noch Glück im Unglück. Sie lebten alle noch, hatten zwar nicht immer genug zu essen, die Vorräte im Rucksack der Mutter gingen langsam zur Neige, doch sie machten sich gegenseitig Mut. Die Zwillingsschwester hütete unermüdlich ihren kostbaren Stein, der Zwillingsbruder hatte die Hoffnung auf eine Angel aufgegeben. In seinen Knochen steckte noch der Schrecken von dem Erlebnis auf dem Schiff mit dem riesigen Matrosen und er war froh mit heiler Haut davon gekommen zu sein. Die kleine Tochter war glücklich bei ihrer Mutter zu sein, sie begriff noch nicht was um sie herum passierte. Der Kleinste im Kinderwagen schon gar nicht, für ihn war die Welt nach wie vor in Ordnung. Nur der großen Tochter wurde es langsam mulmig zumute: »Wo fahren wir eigentlich hin?« Die Mutter zuckte mit den Achseln: »Weiß nich'«, sagte sie traurig und fast unhörbar.

Nach einer Stunde Pause, inzwischen war es hell geworden, ging es weiter. Die Güterwagen gaben dumpfe, ratternde Geräusche von sich, gedämpft durch den dicken Schneebelag, der sich teilweise meterhoch neben den Schienen auftürmte. Die schwarze Dampflok walzte mit ihren gut 100 Tonnen Eigengewicht behäbig schnaufend den Schnee, der unregelmäßig die Schienen bedeckte, vor sich her. Kraftvoll durchpflügte sie die weiße Pracht, so dass hoch wirbelnde, unzählige Eiskristalle die Luft mit nebelhaften Wolkengebilden füllten, welche sich, durch die Strahlen der aufgehenden Sonne bunt und glitzernd verwandelt, auf den weiten Feldern neben dem Bahndamm niederließen. Der Fahrtwind trieb schwarzen Rauch und weißen Dampf durch die Spalten der Waggons. Viele versuchten die Öffnungen notdürftig mit Stroh und Lumpen abzudichten. Man hockte eng aneinander geschmiegt um sich gegenseitig zu wärmen. Einige hatten Decken über sich ausgebreitet um noch effektiver die eigene Körperwärme zu halten.

Die Fahrt ging weiter über Dammgarten bis Rostock. In Rostock wurde wieder eine Pause eingelegt. Der Schlepptender hinter der Dampflok wurde mit Wasser und Kohle aufgefüllt. »Zum Glück fährt die Wehrmacht nicht mit Kohle, sonst hätten wir bald keine mehr!« schimpfte der Heizer. Er war im Gesicht und an den Händen schwarz wie ein Mohr. Mit der Winterkälte hatte er keine Probleme, er musste nur dafür sorgen, dass es in der Feuerbüchse immer glühte. Der Lokführer, welcher ebenfalls einen schwarzen Belag auf Gesicht und Händen und durch das ständige Hinausstarren gerötete Augen hatte, entgegnete: »Ich mache mir Sorgen, ich habe gehört, dass die Engländer letzte Nacht Lübeck schon wieder bombardiert haben. Hoffentlich sind unsere Eisenbahnschienen noch alle intakt.«

Während der Zug sich gemächlich durch den verschneiten, in stiller Einsamkeit liegenden und vom Kriegstreiben relativ verschonten Mecklenburgischen Landrücken zog, hatten die Kinder unserer Familie ein neues Spiel entdeckt. Sie spähten durch die Ritzen der Holzverschläge des Viehwaggons, den sie inzwischen schon liebevoll ihr Wohnzimmer nannten und machten trotz der kargen Landschaft viele Entdeckungen. In ihrer kindlichen Fantasie sahen sie in den vorüber ziehenden Feldern, Wiesen, Wäldern, an den Bäumen und in den Wolken manche Tierfiguren oder märchenhafte Gestalten. Sie riefen einander zu: »Ich sehe einen Rübezahl!« Die anderen mussten raten, welcher Baum oder welche Wolke damit gemeint war. Manchmal schaute auch nur einer verträumt durch einen Holzspalt in die Landschaft und wunderte sich, dass die Telegrafenmasten so schnell an Ihnen vorbeisausten, während die weiter entfernten Bäume länger brauchten um an ihnen vorbei zu ziehen. Wenn der Zug sich einem Bahnübergang näherte, stieß die Lok einen gellend heiseren und in seiner Tonlage nicht eindeutig definierbaren Schrei aus, um auf sich aufmerksam zu machen und um den spärlichen Straßenverkehr, welcher die Bahnschienen kreuzte, zu warnen.

Tagsüber suchte sich der Lokführer eine Stelle in einem dichten Wald und stellte seinen Zug dort ab, um bei anbrechender Dunkelheit weiter zu fahren. Währenddessen versuchten Lokführer und Heizer etwas zu schlafen. Sie richteten sich im Führerstand der Lok mit Decken einen Schlafplatz ein und warteten geduldig auf die einbrechende Nacht.

Nach Einbruch der Dämmerung ging es weiter. Bald hatten sie Wismar hinter sich gelassen, das nächste Ziel war Lübeck. In Lübeck hielt der Zug zum ersten Mal, um einige Flüchtlinge mit ihrem Schicksal allein zu lassen. Auf dem Bahnhof standen einige Fuhrwerke bereit, um einen Teil der Menschen in die umliegenden Dörfer zu bringen. Dort brachte man sie in Schulen, Turnhallen und Scheunen unter. Nicht immer mit dem

Notwendigsten ausgerüstet, es fehlte an allem. Unsere Familie blieb noch im Zug, das Ziel des Zuges, so hatten sie gehört, war die Nordseeküste, irgendwo zwischen Husum und der Halbinsel Eiderstedt. Die Fahrt ging also weiter über Kiel, Husum und endlich waren sie am Ziel… Tönning, eine Hafenstadt an der Eidermündung. Auf diesem Bahnhof standen wartend Fuhrwerke mit vorgespannten kräftigen Pferden, die durch ihre Nüstern dampfende Luft ausstießen. Immerhin war es nicht mehr so kalt hier an der Nordseeküste, »nur« noch minus 10 Grad Celsius. Aber ein eiskalter Wind blies hier ständig aus Richtung Nordsee kommend und die gefühlte Temperatur war um einiges niedriger. Die jodhaltige Luft roch nach Meer, Fisch und Algen und die Menschen sprachen hier so komisch. Ein »plattdüütsch« sagte man. Unsere Familie verstand zunächst kein Wort und sie kamen sich vor als wären sie in irgendeinem Ausland.

2. Katingsiel

Unsere Mutter mit ihren 5 Kindern war drei Tage und drei Nächte unterwegs, sie hatten von Elbing nach Tönning rund eintausend Kilometer zurückgelegt. In eisiger Kälte, ohne Waschgelegenheit, ohne warmes Essen, ohne Nachrichten und ohne Gewissheit. Sie mussten mit ansehen wie alte Menschen und Kinder vor Kälte und Krankheit starben, wie Leichen aus dem Zug geworfen wurden, wie Mütter um ihre Kinder weinten, wie Kinder nach ihren Eltern suchten.

Da standen sie nun auf dem Bahnsteig des Tönninger Bahnhofs. Was sie retten konnten und was ihnen geblieben war, war das nackte Leben, verhüllt unter verschmutzten, verlausten, stinkenden Lumpen und die Hoffnung auf Besserung. Die Kälte spürten sie schon nicht mehr, daran hatten sie sich gewöhnt, in Ostpreußen war es schließlich noch kälter.

Es herrschte eine angespannte, gespenstische Stille rund um den Bahnhof, die herumstehenden Flüchtlinge harrten der Dinge die da kommen sollten. Man hörte nur die Lokomotive, die endlich, nach vielen Kilometern zuverlässiger Arbeit einmal ausruhen konnte, gelassen leise zischend aus einigen Rohren ihren überschüssigen Dampf abließ.

Die Stille wurde durch die hastigen Schritte eines

Mannes unterbrochen, bewaffnet mit einem Brett, darauf einige Seiten Papier.

»So«, sagte er mühevoll und doch tadellos auf hochdeutsch, »sie sind auch Flüchtlinge aus dem Osten, woher kommen Sie?«

»Von Elbing«, sagte die Mutter kleinlaut.

»Das ist in Ostpreußen!«, verkündete die Zwillingsschwester.

»Nein, Westpreußen!« korrigierte ihr Zwillingsbruder.

»Ja ich weiß«, sagte der Mann, er musste ein Bediensteter der Stadt Tönning sein.

»Wie sind Sie hierher gekommen, wann sind Sie losgefahren, wie viele Personen sind Sie?«, fragte er in wichtigtuerischem Ton.

Nachdem die Mutter alle Fragen beantwortet hatte, musste sie noch ihren Namen und die Namen und Geburtsdaten ihrer Kinder aufsagen:

»Wir heißen Kelka, ich bin die Mutti, Grete mit Vornamen, die Älteste ist die Waltraut, die Zwillinge sind die Ingrid und der Eckhard, die Kleine ist die Karin und der Kleinste im Wagen ist der Siegfried.«

Der Beamte notierte alle Personalien. Er hatte sich zum Schutz vor der Kälte wollene Fingerhandschuhe übergezogen, trotzdem bereitete ihm das Schreiben einige Mühe. Dann fragte er nach dem Vater der Familie.

»Unseren Vater haben sie noch zum Volkssturm eingezogen, Erbarmung, wie wird das bloß alles enden? Den Vater von fünf Kindern zum Volkssturm einziehen, mein jäh, hoffentlich ist bald alles zu Ende!«, beschwerte sich die Mutter.

Der dienstbeflissene Schreiber räusperte sich verlegen, kratzte an seiner geröteten Nase und fummelte aus einer schwarzen Aktentasche einen Packen Lebensmittelmarken und einen bedruckten Zettel hervor. Er schrieb etwas auf das Papier auf dem Brett, trennte von jedem Lebensmittelmarkenbogen einige Marken ab und überreichte Marken und Zettel mit der Aufforderung:

»Diese Marken müssen für Sie und ihre Kinder eine Woche reichen, unterschreiben Sie!«

Dann zeigte er mit einem Zeigefinger auf ein Pferdefuhrwerk, auf dessen Kutschbock eine vermummte Gestalt sitzend, wartend und fragend ihren Blick in die Menge schweifen ließ. Der Mann auf dem Kutschbock hielt eine zerkaute Tabakspfeife zwischen seinen tabakbraunen Zähnen, die längst erkaltet war und nur noch der Gewohnheit diente. Den Kragen seiner Joppe hatte er hoch an die Ohren gestellt und seine Mütze tief in die Stirn gezogen.

»Da, ihr könnt bei dem Bauer dort aufsteigen, er wird euch nach Katingsiel bringen, in dem alten Zollhaus sind zwei Zimmer frei, in diese Behausung könnt ihr einstweilen einziehen.«

Die Pferde wedelten ungeduldig mit ihren Schwänzen und scharrten mit ihren Hufen im schmutzigen, eisgrauen Schneebelag des Bahnhofsvorplatzes. Die Familie müde und doch endlich glücklich, die lange Bahnfahrt hinter sich zu haben, verstaute ihre Habseligkeiten mit Hilfe einiger Landsleute auf dem Leiterwagen.

»Moin!«, sagte der Bauer, »denn mann too.« Er prüfte
den Sitz seiner Mütze, schnalzte mit der Zunge, straffte
die Zügel und rief:

»Hüh!«

Die beiden Holsteiner Stuten zogen gehorsam an und
der ungefederte Leiterwagen begann sich knirschend zu
bewegen. In Friedenszeiten wäre das eine lustige, ro-
mantische Fahrt über die flache, verschneite Eiderstedter
Halbinsel gewesen. Doch in den Köpfen der Menschen
herrschten zu dieser Zeit Sorgen. Es ging um das nackte
Überleben und darum, wo man etwas zu essen her bekam. Gleich hinter dem Bahnübergang stand rechter
Hand eine ehemalige Windmühle, die Flügel waren
längst dem Zahn der Zeit zum Opfer gefallen. Im Ge-
häuse dieser Mühle war eine Bäckerei untergebracht,
aus der es verführerisch duftete. Der Kutscher hielt kurz
an und holte sich aus der Bäckerei einige in Zeitungspapier eingewickelte Backwaren.

Dann erfasste er wieder die Zügel und rief, während er
die Leinen über die Pferderücken springen ließ:

»Hoo, Hopp!«

Die Peitsche, welche auf der Seite aufrecht in einer
Hülse steckte, diente nur der Dekoration, die Tiere waren froh, wenn sie sich in dieser Kälte bewegen durften.
Er war nicht sehr gesprächig, es schien so, als unterhielt
er sich nur mit seinen Pferden. Ab und zu hörte man
ihn etwas auf plattdüütsch murmeln. Mal ließ er die
Zügel locker, mal straffte er sie, so hielt er Kontakt zu
seinen ihm vertrauten Tieren, die leichtfüßig den ihnen
bekannten Weg trabten.

Der Wagen, im Sommer als Erntewagen eingesetzt, rumpelte mit seinen schmiedeeisern bereiften Rädern ungefedert über die Katinger Landstrasse, die mit einem grauen, festgefahrenen Schneebelag bedeckt war. Als sie das bebaute Gebiet der Stadt Tönning verließen, passierten sie zu beiden Seiten der Straße in unregelmäßigen Abständen kahle Bäume, alle in Richtung Südosten geneigt, geschunden und geprügelt vom ständigen, teilweise orkanartigen Nordwestwind, der hier fast ununterbrochen herrschte und der Natur ihr typisches Aussehen verlieh.

Es war spät am Nachmittag, die Bäume warfen gigantische Schatten auf die weißgrau schillernde Halbinsel Eiderstedt. Hinter den Bäumen zogen sich entlang der Straße beidseitig tiefe Gräben, nur unterbrochen durch »Hecks«. Große, graue, geschlossene Eichenholztore, die nur für landwirtschaftliche Fahrzeuge oder Viehtrieb geöffnet wurden. Neben den Hecks lag oft ein Brett über dem Wassergraben, eine wackelige Fußgängerbrücke, welche niemals von einem Statiker auf ihre Tragfähigkeit überprüft wurde. So mancher Passant rutschte beim Balancieren auf der schwankenden, glitschigen Konstruktion aus und plumpste in den hüfthohen, mit Schilf und Morast gefüllten Wassergraben. Die meisten Landwirte benutzten zur Überquerung der Gräben ihre eigene Technik. Sie trugen beim Durchschreiten ihrer fruchtbaren Marschfelder auf ihren Schultern einen Klutstock. Das war eine etwa drei Meter lange stabile Holzstange mit einem 40 Zentimeter langen Querholz am Ende. Damit übersprangen sie den wassergefüllten schilfigen Begrenzungskanal indem sie nach einem kleinen Anlauf, wie ein Sportler beim Stabhochsprung, den Klutstock gezielt in die Mitte des Grabens platzierten und mit einem gekonnten Schwung, sich an die Holzstange klammernd das Hindernis überflogen, um auf der anderen Seite zu landen. Es kam auch vor, dass diese nordfriesische Erfindung im Morast des Grabens stecken blieb und der Benutzer dieses Gerätes, hilflos zappelnd, in der Luft hing. Jetzt war Ideenreichtum gefragt. Bevor Mann und Stange seitwärts in den Wassergraben platschten, schaukelten sich schnell denkende Nordfriesen mit diesem unberechenbaren Gerät vor und zurück und landeten schließlich entweder auf der gewünschten Seite des Grabens oder waren wieder am Anfang ihrer Übung.

Die Gräben waren für die Entwässerung des Marschbodens gedacht und zu zwei Dritteln mit bräunlichem Grundwasser gefüllt. Gleichzeitig hatten sie die Aufgabe, Wiesen und Felder voneinander zu trennen und das Vieh daran zu hindern zügellos durch die Gegend zu galoppieren. Jetzt waren sie zugefroren, aus den Eisflächen ragte welkes gelbbraunes Schilf, ab und zu ein brauner Schilfkolben. Die rutschigen Eisflächen boten den hiesigen Kindern viele Möglichkeiten für Winterspiele. Man konnte testen ob das Eis schon hielt und mit Schlittschuhen darüber flitzen. Auf größeren Flächen konnten sie sogar mit selbst geschnitzten Stöcken und einem passenden flachen Stein Eishockey spielen. Die größeren Kinder unserer Familie schauten mit Interesse auf die Schnee- und Eis-Landschaft und stellten mit

Genugtuung fest, dass es ja so wie in Ostpreußen aussieht!

Auf dem flachen Land konnte man, wenn die Luft klar war, schier bis zur Unendlichkeit blicken. In der Ferne sah man hier und da die Spitzen von Kirchtürmen in den Himmel ragen. Ein Einheimischer hatte schnell heraus, welcher Kirchturm welchen Ort repräsentierte und wie weit es noch bis dahin war.

Die zwei braven Holsteiner Warmblüter zogen den mit Strohballen ausgelegten Leiterwagen weiter über die ebene Landstraße, zwischen Tönning und Kating. Von Zeit zu Zeit tauchte etwa ein paar hundert Meter abseits der Straße eine Baumgruppe auf. Durch die kahlen Äste der Bäume sah man Rauch aus den Kaminen von mit Reet gedeckten Häusern steigen, der sich sogleich, vom Wind getrieben, in südöstliche Richtung verzog. Es handelte sich um bäuerliche Anwesen, welche zum Schutz vor den stürmischen Angriffen des ewigen Nordseewindes mit Baumhecken eingefriedet waren. Zu den Gehöften ging ein schmaler Weg, breit genug, um ein Pferdefuhrwerk aufzunehmen. Am Anfang dieser Wege, nahe der Landstrasse, war jeweils eine Holzkonstruktion aufgestellt, auf welche die Bauern ihre gefüllten Milchkannen stellten, die dann vom Milchwagen der Molkerei abgeholt und durch leere ersetzt wurden. Nach einer guten halben Stunde passierten sie links liegend das Dorf Kating, das an der Kirche mit ihrem typischen Turm zu erkennen war. Der Name Kating entstand aus den Fischerkathen, die ursprünglich fast ausschließlich das

Dorfbild beherrschten. Jetzt war es nur noch etwa einen Kilometer bis Katingsiel, der »neuen Heimat« unserer ostpreußischen Familie. Alle waren jetzt auf das Höchste gespannt, wie wohl ihr neues Zuhause sein würde.

Das Fuhrwerk hielt vor einem alten Haus mit Reetdach und roten Backsteinen. Absitzen, abladen und einziehen in die neue Behausung waren die nächsten Aktionen. Bevor sich der Bauer verabschiedete, überreichte er der Mutti noch ein in Zeitungspapier eingewickeltes Paket, aus dem es appetitlich duftete. Sie schüttelte ihm dankbar die Hand und fragte noch, wo sie am schnellsten Lebensmittel und Milch her bekommen könnte. Der Landwirt wies mit seiner von Landarbeit schwieligen Hand in eine Richtung und verriet ihr, nur hundert Meter weiter wäre ein kleiner Laden mit einer Schankwirtschaft. Die Geschwister Andresen, welche diesen Laden bewirtschaften, würden sich über neue Kundschaften freuen. Milch könnte man vom nahen Eichelhof in Rüxbüll holen, 10 Minuten mit dem Fahrrad, gemolken wird täglich morgens und abends.

Die Zweizimmeraltbauwohnung befand sich im Erdgeschoss des Hauses. Der Boden des ersten Zimmers war mit Steinplatten ausgelegt, die schon einige Risse und Löcher aufwiesen. Die Wände waren wohl vor vielen Jahren zum letzten Male gestrichen worden. Man konnte noch ein grünes Muster erkennen, welches einst mit einer Musterfarbrolle kunstvoll aufgetragen wurde. Vor dem Schornstein stand ein alter Herd, eine Nachbarin hatte schon Feuer entfacht, dem Herd entströmte

wohlige Wärme. Auf dem Rand der Herdplatte summte
dampfend ein alter emaillierter Wasserkessel auf dem an
einigen abgeplatzten Stellen der Rost wucherte. Neben
dem Herd stand ein Blechkasten halbvoll mit Steinkohle
und Anmachholz. Über dem Herd war die Zimmer-
decke fast pechschwarz gefärbt und zeugte von inten-
sivem Gebrauch der Feuerstätte. Mutter und Kinder
stellten sich vor den Herd, dessen Feuer bullerte und
dessen Eisenringe auf der Platte knackten, hielten ihre
kalten Hände über die Strahlungswärme und genossen
die in ihren Körpern dankbar abfallende Spannung.
In der Mitte des Raumes stand ein Tisch, auf diesem
stand eine Karbidlampe, elektrischen Anschluss hatte
das Haus nicht. Vor dem Tisch stand eine Holzbank,
auf der anderen Seite 3 Stühle. An der gegenüberlie-
genden Wand stand ein alter Küchenschrank, bestückt
mit Geschirr, Blechtassen und rostigem Besteck. In der
Ecke des Raumes, den man als Wohnküche bezeich-
nen konnte, war unter einem Fenster ein Spülstein
angebracht. Darüber thronte eine gusseiserne, rostige
Pumpe mit einem riesigen Schwengel. Neben dem
Spülstein stand ein Eimer mit einem Wasservorrat.
Der Ausguss ging durch ein Loch in der Wand und
fiel nach draußen in einen kleinen Schacht. Von dort
leitete ein rostiges Eisenrohr das Abwasser über ein
Gefälle in den Kanal, die Bootfahrt. In einer anderen
Ecke des Zimmers standen ein verbeulter Zinkeimer
mit einem Wischlappen, ein Besen, ein Schrubber und
eine Kehrichtschaufel.

Nachdem sich alle aufgewärmt hatten, inspizierten sie

den zweiten Raum. Der Fußboden dieses Zimmers war aus japanischen Lärchenholzdielen gefertigt. Das Leben der ehemaligen Bewohner war an diesen Holzplanken nicht spurlos vorüber gegangen. Jeder Schritt gab ein knarrendes Geräusch von sich. In diesem Zimmer lagen wieder die schon bekannten Strohsäcke. Die Kinder fingen sofort an, sich darauf zu balgen. In einer Ecke lag so etwas wie Wäsche, Bettwäsche und Handtücher.

Mutti verspürte eine Notdurft und forschte nach einer hierfür geeigneten Stätte. Sie beauftragte Waltraut mit der Aufsicht der jüngeren Geschwister, ging ins Freie und entdeckte hinter dem Haus neben einem Haufen gespaltenen Holzes ein windschiefes Holzhäuschen mit einem ausgesägten Herz in der Tür. Sie kannte diese Einrichtung aus ihrer Heimat, so etwas befand sich auch auf dem elterlichen Bauernhof in Schwangen bei Mühlhausen. Sie überquerte den Hof, löste den Sturmhaken an der Tür und öffnete sie. Die Scharniere gaben ein quietschend knarrendes Geräusch von sich, ein paar Spatzen wurden aus ihrer aufgeplusterten Starre aufgeschreckt und flogen auf einen Ast des nächsten kahlen Baumes. Die Tür konnte von innen mittels eines weiteren Sturmhakens verschlossen werden. Die Wände des intimen Örtchens bestanden aus zusammengenagelten Brettern, zwischen ihnen waren Spalten und Ritzen, wie in dem Viehwaggon ihres Flüchtlingszuges, und es zog in diesem Plumpsklo wie Hechtsuppe. An der Wand waren in Sitzhöhe Bretter befestigt, in der Mitte ein riesiges Loch gelassen und die Kanten waren sorgfältig abgerundet. An der Bretterwand hingen an einem rostigen Nagel in Reichweite fein säuberlich auf einer Schnur aufgereihte Zeitungspapierstücke, etwa in Postkartengröße. Sie dienten dem Abschluss dieser Zeremonie und konnten mitsamt dem anderen Produkt in das riesige Loch entsorgt werden. Mutti musste sich beeilen, die Kälte diktierte ihr eine Mindestgeschwindigkeit zur Durchführung ihres dringenden Bedürfnisses. Danach verriegelte sie sorgfältig von außen die Tür indem sie den Sturmhaken knirschend in die passende Öse drückte, ging in das Haus zurück, betätigte den riesigen Pumpenschwengel und wusch sich unter dem eiskalten Wasser die Hände. Dann legte sie das Paket mit dem Zeitungspapier auf den Tisch und packte es aus. Zum Vorschein kamen ein duftendes Schwarzbrot, ein Stück in Pergamentpapier eingewickelte Butter und ein herrliches Stück geräucherter Katenschinken; es war wie zu Weihnachten.

Es klopfte an der Tür. Mutti ging hin und öffnete, draußen stand eine ältere Frau, in der Hand hielt sie eine 2 Liter große Milchkanne aus Aluminium.

»Guten Abend, sie sind die Flüchtlinge aus Ostpreußen?«

»Ja, guten Abend, ich bin Frau Kelka, das sind meine 5 Kinder.«

»Ich bin Frau Klützke, wohne gleich nebenan, ich hatte Ihnen das Feuer in der Küche gemacht.«

Sie schaute neugierig hinter die Tür, gleichzeitig hielt sie der Mutti die Milchkanne hin.

»Hier ist etwas Milch für ihre Kinder, die Kanne können Sie behalten, ich habe noch eine. Wenn Sie sonst *was brauchen, können Sie es mir sagen. Wir haben zwar auch nicht sehr viel, der Krieg hat auch bei uns seine Spuren hinterlassen, hoffentlich ist das bald zu Ende. Und ihr Mann? Ich meine…«*

Sie machte eine Pause.

»Mein Mann ist noch beim Volkssturm, er kommt bald nach. Ich habe in Tönning unsere Adresse hinterlassen. Übers Rote Kreuz wird er sicher erfahren, wo wir sind.«

Dabei dachte sie:

»Mein Gott, hoffentlich sehen wir uns wieder.«

»Ja das ist alles so traurig. Mein Sohn ist bei der Invasion der Amerikaner und Briten an der Kanalküste in Frankreich gefallen. Mein Mann ist bei einem Bombenangriff in Hamburg umgekommen, er war bei der Feuerwehr.« Während sie das sagte rannen ihr Tränen aus den Augen. Dann drehte sie sich um und lief in ihr Haus zurück.

Mutti suchte im Küchenschrank einen Topf, sie fand auch noch eine angebrochene Tüte mit Haferflocken. Sie gab die Hälfte der Milch in den Topf, tat einige Löffel Haferflocken dazu und begann unter fleißigem Rühren einen Haferflockenbrei zu kochen. Nachdem alle gegessen hatten, der Kleinste erhielt etwas aufgewärmte Milch, bereiteten sie ihr Nachtlager so gut wie es mit den vorhandenen Sachen möglich war. Mutti legte noch ein Brikett in das Feuerfach des Herdes, damit am nächsten Morgen noch genug Glut unter der Asche zu finden war und das Feuer erneut entfacht werden konnte. Dann bereiteten sie sich auf den Strohsäcken und mit den zur

Verfügung stehenden Mitteln Liegestätten und alle fielen in einen tiefen, traumlosen Schlaf.

Am nächsten Morgen wurde erst einmal die Umgebung in Augenschein genommen. Etwa hundert Meter vom Haus sah man einen verschneiten Deich, unterbrochen von einer Sielschleuse, die sich zwischen einem mit brackigem Wasser gefüllten Kanal und der auf der anderen Seite des Deiches liegenden Nordsee befand. Das Siel diente gleichzeitig der Entwässerung des Hinterlandes. Der Deich, welcher sich entlang der Eider bis weit hinter Tönning ins Binnenland zog, schützte Land, Leute und Häuser vor Hochwasser und gleichzeitig vor dem ständigen Wind. Genauer gesagt befand sich hinter dem Deich das Deltagebiet der Eider, der »Purrenstrom«, welcher hier in die Nordsee mündete. Der Kanal, Bootfahrt genannt, zog sich in einem Abstand einer Fuhrwerksbreite an dem Haus mit Reetdach und roten Backsteinen vorbei, verzog sich in nördlicher Richtung ins dunstige Hinterland und endete schließlich in dem nordfriesischen Städtchen Garding. Vom betonierten Ufer bis nach unten zum Wasser waren es einige Meter und diese gefährliche Stelle war durch nichts abgesichert. Unsere Mutti hatte das mit einem Blick erkannt und machte sich Sorgen um Ihre Kinder, die dieser gefährlichen Situation ausgesetzt waren.

Mutti ging zu Fuß Besorgungen machen. Vom Bauern in Rüxbüll holte sie Milch und ein paar Eier, sie bezahlte, indem sie versprach, beim Melken der Kühe zu helfen. Vom Laden nebenan holte sie andere nötige Grundnahrungsmittel, die sie mit Lebensmittelmarken bezahlte. Waltraut hütete die zwei Kleinen, Karin und Siegfried.

Die Zwillinge Ingrid und Eckhard machten sich auf Entdeckungstour. Sie stürmten den Deich hinauf, wobei sie mehrmals hinfielen und auf dem schneeglatten Belag wieder zur Hälfte hinunterrutschten. Oben angekommen schnitt ihnen erst einmal der eisige Nordseewind die Luft ab und sie stemmten sich mit ihren Rücken und aller Kraft dagegen. Dann bestaunten sie die unendliche Weite von Eiderdelta und Nordsee, versuchten am nebelgrauen Horizont etwas zu entdecken. Man sah Wasser, Schnee und Eis, schmale Kanäle, Priele genannt, zogen sich mehr oder weniger systematisch durch das Watt. Es blubberte und gluckste im glänzend schwarzen Schlick. Die Nordsee überspülte das Watt bei Flut mit salzigem schäumendem Gezeitenwasser und verhinderte somit ein Einfrieren des mit unzähligen Lebewesen bewohnten Schlicks. Jetzt war Ebbe und das Wasser strömte immer noch durch den Purrenstrom Richtung Nordsee. Bald würde sich die Situation umkehren und das Wasser bei Flut wieder zurückfließen, das Eiderdelta füllen. In dieser Folge spielten die Gezeiten mit dem Wasser, gesteuert durch die Anziehungskraft des Mondes, der Richtung des Windes und vielen noch anderen ausschlaggebenden natürlichen Faktoren zwischen Himmel und Erde.

»Wo haste denn den Bernstein versteckt?«, fragte Eckhard.

»Sag ich nicht«, flüsterte Inge, »willst ihn nur haben und dir ne Angel kaufen!«

Der Bruder schaute verträumt in den Kanal, der sich von der Schleuse in Schlangenlinien in das Wattenmeer verzog und in dem er viele Fische vermutete. Er überlegte, ob man sich nicht selbst eine Angel bauen könnte. Ein langer Ast, eine Schnur, eine Stecknadel zu einem V gebogen auf der man einen Wurm aufspießen könnte und fertig wäre das Fanggerät. Fehlte nur noch der Köder. Regenwürmer waren jetzt selten, die hatten sich zum Schutz vor dem Frost tief in den Boden verzogen. Mal sehen was die Mutti in der Küche hat, vielleicht ein Stückchen Brot, mit Spucke zu einem Teigklümpchen geformt? Oder bei einem Bauer in der Scheune, wo es nicht so kalt war, unter einem Stein nachsehen? In Elbing hatte er damit schon oftmals Erfolg gehabt. Eine leere Blechdose mit Erde und Würmern stand dort immer griffbereit für den nächsten Angelausflug an den Elbingfluss.

»Ich geh wieder nach Hause, vielleicht ist Mutti schon da und hat was mitgebracht.« Inge drehte sich um und begann den Deich hinunter zu rutschen.

»Warte, ich komm mit!«, rief ihr Bruder. Er wollte es besser machen und versuchte auf den Schuhen hinunter zu schliddern. Dabei fiel er kopfüber hin und rutschte auf dem Bauch den Deich hinunter. Inge hielt sich den Bauch vor lachen. Sie fanden das so lustig, dass sie es noch viele Male wiederholten. Eckhard entdeckte ein paar alte Bretter die mal zu einer Tonne gehörten. Sie waren leicht gebogen und konnten als provisorische Skier verwendet werden. Sie benutzten diese neue Entdeckung, indem sie sich darauf setzten und noch viele Male den Deich hinunter rutschten, bis sie müde, hung-

rig und durstig waren und sich entschlossen, endlich nach Hause zu gehen .

Zu Hause angekommen gab es ein Wintergewitter.

»Erbarmung! O Gott, o Gott, wie seht ihr denn aus, alles patschnass!«, schimpfte die Mutti und gab jedem eins hinter die Ohren.

»Ich habe nicht so viele Sachen zum Wechseln, stellt euch vor den Herd und lasst eure Sachen trocknen!« Die Zwillinge machten ein bockiges Gesicht, sie hatten nicht das Gefühl etwas Unrechtes getan zu haben.

Die Tage wurden länger, die Sonne stieg täglich höher, der Lenz war auf dem Vormarsch. Schnee und Eis schmolzen dahin wie die Hoffnung auf eine Besserung der Lage unserer Familie. Der Deich bekam wieder sein grünes Kleid aus Gras, Löwenzahn, Spitzwegerich und anderen Kräutern. Die Quecksilbersäule des Thermometers hielt sich tagsüber ständig über dem Nullpunkt, nur nachts gab es noch leichte Fröste. Schneeglöckchen wagten sich mit ihren weißen Häubchen aus dem Boden hervor und die Krokusse streckten neugierig ihre grünen Spitzen ans Licht. In den Saft ziehenden Bäumen mit den klebrig sprießenden Knospen begannen die Vögel ihr frühlingshaftes Sing- und Liebesspiel; es wurde eifrig nach Nistmaterial gesucht.

Es tobte immer noch der 2. Weltkrieg. Doch hier an der Nordsee war es strategisch unwichtig zu kämpfen und so wurde die Landbevölkerung wenigstens vor diesem Schrecken bewahrt. Mutti fuhr jeden zweiten Tag mit dem Fahrrad, das ihr Frau Klützke ausgeliehen hatte, nach dem sieben Kilometer entfernten Tönning. Dort fragte sie beim Suchdienst des Roten Kreuzes und bei der Stadtverwaltung nach, ob sie etwas von ihrem Mann gehört hätten, doch leider ohne Erfolg. Sie hoffte auch, dass sich ihr Mann danach erkundigte, wo es seine Familie hin verschlagen hatte. Einmal pro Woche fragte sie nach neuen Lebensmittelmarken.

Manchmal verkauften die Fischer an der Hafenmauer des Tönninger Hafens frischen Fisch direkt von ihren Kuttern. Nordseekrabben waren sehr beliebt. Sie wurden schon auf den Krabbenkuttern, die noch in der Nacht hinausfuhren und erst im Morgengrauen zurückkamen, mit dem salzigen Wasser der Nordsee abgekocht. Pigmentzellen ermöglichen der Garnele, dass sich der Krebspanzer farblich perfekt zwecks Tarnung an den Wattboden anpassen kann. Nach dem Kochen bekommt das Tierchen eine rotbraune Färbung und verliert sein natürlich graues Aussehen. Man musste die Krabbe nur noch »pulen« und das war eine Kunst. Man fasste die kleine, rotbraune Nordseegarnele an Kopf und Schwanz und zog mit einer Drehbewegung die harte Chitinhülle von dem Körper, so dass man nur noch den Leckerbissen in den Fingern hielt. Anfänger hielten allerdings meistens zwei vollständige Krabbenhälften in den Händen und mussten dann durch umständliches kratzen die zwei Hälften von ihren Hüllen befreien. Man konnte auch fixfertig gepulte Krabben kaufen, doch die waren teurer und unsere Mutti nahm immer die ungepulten. Im neuen Zuhause angekommen fing Waltraut, die fleißige Tochter und gute Hilfe, sofort mit dem Krabbenpulen an. Sie hatte es schnell raus und verschmähte auch zwischendurch den einen oder anderen Leckerbissen nicht. Schließlich musste sie kosten, ob sie auch gut waren. Dann gab es Krabben mit Rührei und Schwarzbrot; war das ein Festessen.

Draußen an der Hauswand stand eine Badewanne aus Zinkblech, welche einmal pro Woche reingeholt wurde, Samstag war Badetag. Mühselig war das Aufbereiten von heißem Wasser. In einem riesigen Kessel wurde auf dem Herd das Wasser erhitzt und in die Wanne geschüttet. Es dauerte lange, bis die Wanne gefüllt war, meistens war das Wasser dann schon wieder fast abgekühlt. Dafür reichte es dann für alle Kinder, zuerst der Kleinste und am Schluss die Waltraut. Die aber fand das nicht so lustig, denn das Wasser bekam durch den Schmutz von vier Kindern und Kernseife eine unappetitliche Trübung. So machte sie sich die Mühe, die Wanne Eimer für Eimer nach draußen zu entleeren und für sich auf dem Herd frisches Wasser zu erhitzen, um sich dann in einer Wanne frischen, heißen Wassers zu aalen.

Inzwischen war es Ende April, die Strahlen der Sonne waren schon angenehm warm, in der Luft zwitscherte und tirilierte es, auf den Salzwiesen hinter dem Deich grasten friedlich die Schafe. Die Tiere wussten durch einen untrügerischen Instinkt wann die Gezeiten eintrafen. Bei Ebbe liefen sie von der Rotschwingelzone gleich hinter dem Deich mit ihrem Rotschwingel, dem Strandflieder und dem Milchkraut, weit hinaus über die Andelzone mit ihrem Andelgras und der Strandaster bis zur Quellerzone mit ihrem Schlickgras und den Quellern, die mit ihren fleischigen Stängeln und Ästen an Kakteen erinnerten. Sie kamen aber immer rechtzeitig, bevor die Flut die Priele füllte, zurück. Wenn es eine Springflut gab, stieg das Wasser bis fast an die Deichkrone und alle Schafe versammelten sich auf dem höchsten Punkt des Deiches. Die Sielschleusen waren in diesem Fall geschlossen, sie schlossen sich durch den Druck des Wassers von selbst, damit das Meerwasser nicht das Hinterland überflutete. Unsere Familie hatte sich inzwischen mehr schlecht als recht in ihrer neuen Behausung eingerichtet. Nach und nach spendierten Nachbarn und Bauern abgewohnte, aber noch brauchbare Möbel. Das Holz neben dem Häuschen mit der Herztür sollte noch bis zum Sommer reichen.

Das Gerücht ging um, dass der Krieg bald beendet sein würde. Der von Irrglauben, Größenwahn, Parkinson und Demenz gezeichnete »Führer« Adolf Hitler hatte sich, um nicht den Russen in die Hände zu fallen, im Führerbunker in Berlin am 30. April 1945 zusammen mit seiner tags zuvor vermählten Frau Eva Braun, das Leben genommen. Vorher hatte er noch Anweisung gegeben, seinen Körper zu verbrennen. Er biss auf eine Zyankalikapsel und schoss sich gleichzeitig in den Kopf. Am 8. Mai 1945 war endlich der Krieg zu Ende. Deutschland kapitulierte bedingungslos und blickte auf ein Land der Zerstörung und Hoffnungslosigkeit. Generalfeldmarschall Wilhelm Keitel unterschrieb in der Nacht vom 8. auf den 9. Mai die Kapitulationsurkunde *im sowjetischen Hauptquartier in Berlin; es war seine letzte Amtshandlung als General.*

Der 9. Mai 1945 war ein Mittwoch, ein schöner sonniger Frühlingstag. Die Natur hatte sich einen üppigen grünen Mantel zugelegt, verziert mit unzähligen leuchtenden Farben vom Erdboden bis in die Baumspitzen, die in den leuchtend blauen Himmel ragten. Jeder der konnte, sang das Lied »Der Mai ist gekommen« aus vollem Halse und war glücklich, dass endlich der Krieg zu Ende war. Waren die Umstände auch noch so erbärmlich, wichtig war doch, dass keine Angst mehr herrschte vor gewalttätigen Kriegsereignissen. Mutti hatte einen Mürbeteigkuchen gebacken. Alle freuten sich auf das gelungene Naschwerk. Dazu gab es Kaffee aus gerösteten Gerstenkörnern, von Hand gemahlen mit einer Kaffeemühle von Frau Klützke und Vollmilch vom Bauern in Rüxbüll. Der Kuchen war noch zu warm und die Kinder saßen ungeduldig am Tisch und schlackerten mit den Beinen. Mutti hörte ein Geräusch an der Haustür und wollte nachsehen. In letzter Zeit kamen Katzen und bettelten um Milch, die Kinder hatten ihnen wohl mal etwas gegeben und jetzt kamen sie immer wieder.

Sie öffnete die Tür und…. Die Überraschung war zu groß, sie bekam weiche Knie, vor ihr stand ihr Mann, Familienvater und Volkssturmheld, abgemagert bis auf die Knochen, verdreckt, verlaust und zerlumpt. Seinen Körper und seine Seele umhüllte ein viel zu großer abgewetzter Armeemantel, der ihm ein gespenstisches Aussehen verlieh. Auf dem Rücken trug er einen mehr-

fach reparierten Rucksack. Seine Füße, umwickelt mit patschnassen Fußlappen, steckten in alten Armeestiefeln, Knobelbecher genannt, die Sohlen bis auf die Brandsohlen abgelaufen. Auf seinem Kopf saß ein alter, zerknautschter Filzhut. Auf seiner Nase hockte eine zerkratzte Brille, die mit zwei Gummilaschen hinter seinen Ohren fixiert war. Sein blasses Gesicht mit den tief liegenden, dunkel geränderten Augen und hervorstechenden Wangenknochen zierte ein Siebentagebart. Sein Atem ging kurz und stoßweise.

»Mein Gott…«, mehr bekam sie nicht heraus.

»Tach Frauche«, sagte ihr Mann Kurt.

Er fing sie noch rechtzeitig auf, bevor sie fast in Ohnmacht gefallen wäre.

»Gott sei Dank, du lebst«, sagte sie, nachdem sie sich wieder gefasst hatte.

»Wie hast du uns gefunden? Rotes Kreuz natürlich?«

»Ja«, sagte er heiser,

»ich konnte aber nicht früher kommen, erzähl ich dir später.«

»Dann komm mal erst rein, bist gerade rechtzeitig gekommen, habe gerade Kuchen gebacken.«

Die Kinder hatten es gehört und waren schon unter der Tür, um ihren Vater zu begrüßen. Sie fielen ihm um den Hals und riefen:

»Papa, Papa ist wieder da!«

Nachdem er festgestellt hatte, dass seine Kinder gewachsen waren, gingen alle in das Haus. Er fiel auf den nächsten Stuhl, der in der Nähe des warmen Herdes stand. Die Kinder nestelten an seinem Rucksack herum und fragten sich, was er wohl darin hatte. Aber sie wurden enttäuscht. Der Inhalt bestand nur aus einem Stück trockenem Brot, einer Tabaksdose und einem Haufen schmutziger Wäsche.

Dann füllte ein dankbares Schweigen den Raum, ungestellte Fragen mischten sich darunter und die Luft roch nach frischem Kuchen und gerösteten, gemahlenen Gerstenkörnern. Mutti brühte mit kochendem Wasser einen Muckefuck, dann aßen alle den Kuchen und tranken den Blümchenkaffee.

Nachdem am Abend alle Kinder im Bett waren, bemerkte Kurt:

»Ich habe mich 2 Wochen nicht gewaschen, draußen habe ich eine Zinkwanne gesehen, ich hol sie mal rein, stell du bitte Wasser auf den Herd.«

Dann das Bad in der Wanne, es war ein himmlisches Gefühl. Um nicht einzuschlafen, begann er seine Odyssee als Volkssturmheld zu erzählen:

»Also, um es kurz zu machen, ich wollte mich nicht auch noch umbringen lassen, das heißt, ich bin getürmt.«

Mutti stockte der Atem, sie konnte sich nicht entscheiden zwischen Bewunderung zum Mut zu desertieren oder Verachtung wegen Feigheit vor dem Feinde.

»Einen Tag nachdem ich mich in der Kaserne gemeldet hatte, wurde ich krank; ich hatte meinen »Fuß verstaucht«. Des Nachts humpelte ich aus dem Revier und begab mich zu Fuß Richtung Westen. Jetzt markierte ich ein steifes Bein, ein Militärlaster hielt neben mir und einer rief »komm Kleiner, steig auf«. Den Auftrag dieses Fahrzeugs kannte ich nicht, war es Rückzug oder Flucht? Es wurde kein Wort gesprochen. Wir fuhren immer bei Nacht, immer gen Westen, mit abgedunkelten Scheinwerfern. Der Fahrer hatte einige Benzinkanister dabei, so hatten wir genügend Sprit für eine lange Fahrt. Von weitem sahen wir einen Kontrollposten an der Straße. Wir hielten an und man ließ mir die Wahl auszusteigen oder weiter mitzufahren. Ich stieg aus und schlug mich weiter querfeldein durch, immer Richtung Westen. Zwischendurch sah ich ein Verkehrsschild das nach Rostock zeigte. Ich übernachtete in Scheunen und Ställen. Am besten waren die Feldscheunen, die standen mitten auf einem Feld, man konnte die Umgebung gut beobachten. Es war immer genug Stroh vorhanden und zum Schlafen genügend warm. Wenn ich Hunger hatte, ging ich zu einem Bauern. Mit Glück gab er mir zu essen und zu trinken und stellte keine Fragen, nur einmal fragte einer, wie lange der Krieg noch dauert. Manchmal blieb ich ein paar Tage bei einem Bauern und arbeitete für Kost und Logis. Ich blieb nie länger als drei Tage, die Feldjäger waren überall, wenn sie mich geschnappt hätten, wäre ich jetzt nicht hier, sie hätten mich erschossen.

Einmal wurde ich vom Hof gejagt, ich ging in eine nahe gelegene Scheune, sie war groß genug um ein Flugzeug darin unterzubringen. Bei Sonnenaufgang weckte mich ein Brummen in der Luft, es war ein Flugzeug, welches aus östlicher Richtung heranbrauste. Ich verließ die

Scheune und wollte mich schleunigst aus dem Staub machen. Der Tiefflieger kam näher, er flog so tief, dass ich den Piloten erkennen konnte. Er drehte eine Schleife und etwas höher fliegend ließ er etwas fallen, es fiel genau aufs Dach der Scheune und es gab eine gewaltige Explosion. Die Bombe war ein Volltreffer, die Scheune stand sofort in Flammen, der Tiefflieger drehte noch eine Schleife und verschwand dann in Richtung aufgehende Sonne. Ich beobachtete dieses Höllenszenario aus einem Versteck unter einem Busch. Ich wagte mich nicht zu bewegen und stellte mir vor, wenn ich jetzt noch in der Scheune gewesen wäre…«

Mutti entschied sich zur Dankbarkeit dafür, dass er seine Familie nicht im Stich lassen wollte und mit heiler Haut zurückgekommen war. Die wirklichen Helden in den Kriegen waren doch immer nur die Frauen. Sie hielten trotz übermenschlicher Entbehrungen die Familien und das Land zusammen, verloren nie die Hoffnung und warteten geduldig auf ihre Männer, die meisten wenigstens. Unsere Mutter Grete ist hier besonders hervorzuheben. Sie hat, oft der Verzweiflung nahe, ihre fünf Kinder durch die eiskalte Hölle der Flucht und trotz aller widrigen Umstände wie Kälte, Hunger, Krankheit und Angst mit mentaler Stärke unversehrt durchgebracht. Sie ist es, die einen Orden verdient hätte!

Während er sich im warmen Wasser der Zinkwanne aalte, wusch sie seine Wäsche und hängte sie über dem Herd zum Trocknen auf. In der Wohnküche waren Nachtlager für zwei Personen eingerichtet. Sie gab ihm

ein Nachthemd und er legte sich hin und deckte sich zu.
Nachdem auch sie sich gewaschen hatte, legte sie sich zu
ihm, er war schon am Einschlafen, doch die Frau neben
ihm weckte seine Lebens- und Fortpflanzungsgeister. Sie
kuschelten sich aneinander und sie flüsterte:

»Aber mach mir nicht noch ein Kind, wir haben schon
fünf!«

»Keine Angst, ich werde schon aufpassen«, keuchte er
leise.

Die Tage wurden länger und wärmer. Man hielt sich
jetzt öfters im Freien auf, ging spazieren oder saß auf
der Bank vor dem Haus und aalte sich in der Sonne,
sofern sie ein Loch im oft bewölkten Himmel gefunden
hatte. Am 31. Mai war Siegfried ein Jahr alt geworden.
Er konnte sich schon, wenn er irgendwo Halt fand, auf
eigenen Füssen bewegen. Für längere Strecken wurde
er aber im Kinderwagen befördert, dann saß er dort
aufrecht und bestaunte mit blauen Augen die schöne
Welt. Eckhard bekam öfters den Auftrag den Kinderwagen mit Bruder Siegfried spazieren zu fahren. Der
fand langsames Gehen zu langweilig und rannte mit
dem Wagen, motorähnliche Geräusche von sich gebend,
gefährlich nahe an der Bootfahrt entlang. Er fand heraus, wenn man dem Wagen einen Schubs gab, der sich
einige Meter allein vorwärts bewegte. An einer Stelle, wo
es vom Deich abwärts ging, fuhr der Wagen sogar allein
die abschüssige Strecke hinunter. Siegfried quietschte
vor Vergnügen und wollte mit diesem Spiel gar nicht
mehr aufhören. Dann wurde der Wagen langsamer,
drehte sich aber in Richtung Bootfahrt und kam dem

betonierten Ufer immer näher. Die Mutti in der Küche beobachtete diese Szene durch das Fenster und sah, wie ihr jüngster Sohn sich langsam aber beständig auf den Kanal zu bewegte und keiner diesem Vorgang Einhalt gebot. Eckhardt stand wie hypnotisiert, wischte sich die flachsblonden Strähnen von der Stirn und murmelte:

»Bleib stehen, bleib stehen!«

Doch der Wagen näherte sich langsam hoppelnd immer mehr der Kanalmauer, die ohne Schutz und ohne Zaun war und nicht für spielende Flüchtlingskinder gedacht war. Durch den Körper von Mutti ging ein mächtiger Adrenalinstoß. Sie war mit drei riesigen Schritten an der Tür, rannte mit gewaltigen Sätzen auf den Kinderwagen zu, der mit zwei Rädern schon in der Luft über der Bootfahrt, zwei Meter über dem brackigen Wasser schwebte und erwischte ihn, Gott sei Dank, in letzter Sekunde. Eckhard, der sich schnell hinter die nächste Buschgruppe versteckt hatte, beobachtete von hier aus diesen Vorgang mit atemloser Spannung. Als er seine Mutti so flitzen sah, löste sich aus seiner spannungsgeladenen Brust ein glucksendes Lachen. Noch nie hatte er so etwas Komisches gesehen, in seinem Alter war er sich über den Ernst und Gefährlichkeit der Lage nicht bewusst. Als dann die Mutti in strengem Ton nach ihm rief, begann sich doch ein schlechtes Gewissen in ihm zu regen und er erwartete nichts Gutes. Als dann am Abend der Papa müde von der Arbeit bei einem Bauern nach Hause kam, gab es mächtig was hinten drauf. Mutti hatte alles dem Papa erzählt!
Eckhard wollte nun endlich seinen Plan, eine Angel zu bauen, in die Tat umsetzen. Er hatte auch das Gefühl

etwas gut machen zu müssen. Vielleicht konnte er mit etwas Glück seiner Mutti frische Fische nach Hause bringen. Er brach sich eine lange, stabile Rute von einem Weidenbaum ab. In der Küche fand er eine Rolle Paketschnur, hiervon konfiszierte er für sich ein paar Meter. Im Nähkasten von Mutti fand er eine passende Stecknadel, die er zu einem V bog. Er knotete die Schnur an die Weidenrute und am anderen Ende befestigte er den Angelhaken, die zu einem V gebogene Stecknadel. Ein Stück vor dem Angelhaken knotete er noch einen kleinen Stein fest, damit der Haken mit dem Köder nicht auf dem Wasser schwamm, sondern sich bis auf den Grund der Bootfahrt senkte. Draußen drehte er große Steine um und fand einige Regenwürmer darunter. Die deponierte er mit etwas Erde in einer rostigen Konservendose.

Dann setzte er sich auf den Mauerrand der Bootfahrt, spießte einen Wurm auf den Angelhaken Marke Eigenbau, hielt die Weidenrute über die Mitte des Wassers und ließ Schnur mit Stein und Köder ins Wasser plumpsen. Es dauerte nicht lange, da zuckte es an der Schnur, Eckhard zog an und holte langsam die Angelschnur ein. Am Ende der Schnur zappelte ein prächtiger Aal. Das fast nur aus Muskeln bestehende Tier kämpfte verbissen und wickelte sich dabei immer mehr um die Schnur. Mit hochrotem Kopf und freudig pochendem Herzen nahm Eckhard einen dicken Stein und schlug damit dem Aal auf den Kopf. Die Bewegungen des Wassertiers wurden kraftloser und es waren nur noch die Nerven, welche das Tier zucken ließen. Anschließend fing er noch 2 weitere Aale. Stolz brachte er seine Beute nach Hause und erntete viel Lob und Streicheleinheiten von seiner Mutti. Jetzt war die Welt für ihn wieder in Ordnung

So vergingen Tage, Wochen, Monate und Jahre. Die Familie hatte sich eingelebt. Papa machte zunächst Gelegenheitsarbeiten bei den Bauern in der Umgebung. Dann bekam er Arbeit in Rostock auf einer Schiffswerft und half mit, das Deutsche Wirtschaftswunder aufzubauen. Alle 4 Wochen bekam er »Heimaturlaub«.

Es wurde Herbst, schwarze Wolken verdunkelten den Himmel, der böige Wind legte in Geschwindigkeit und Heftigkeit täglich einen Zahn zu und die Sturmfluten ließen das Nordseewasser bedrohlich hoch über die Deichkrone schwappen. Das Auge konnte sich am prächtigen Farbenkleid der Bäume nur kurz erfreuen, denn kaum zeigten die Blätter eine Kontaktschwäche zu ihren Zweigen, hatte sie der Wind auch schon mit peitschenden Schlägen abgerissen, zu rauschend wirbelnden Schwärmen vereinigt und in alle Himmelsrichtungen verbannt.

Nach der Zuckerrübenernte, die im Spätherbst stattfand, wurde zu Hause Sirup hergestellt. Die Zuckerrüben wurden gewaschen, in kleine Stücke geschnitten und in einem riesigen Tiegel weich gekocht. Dann wurde mit einer geliehenen Presse aus den Schnitzeln weißer Saft ausgepresst. Dieser Saft wurde dann so lange gekocht, bis das Ergebnis, eine braune zähflüssige Masse, übrig blieb. Als Brotaufstrich war dieser Sirup geschmacklich mit nichts zu vergleichen. Auf dem Tisch stand immer ein weißer Tontopf, gefüllt mit süßem, braunem und duftendem Zuckerrübensirup. Klein Siegfried, der überall rumkroch, alles untersuchte und den süßen Verführungen nicht abgeneigt war, nutzte jede Gelegenheit um über die Bank auf den Tisch zu klettern, seinen Finger in den Topf mit dem leckeren Hausprodukt zu tunken und ihn genüsslich abzulutschen.

Mutti bekam von den Schäfern der Umgebung Schafswolle von gesunden Deichschafen und von einem Bauern ein Spinnrad mit dem notwendigen Zubehör. An langen Winterabenden saß sie vor dem Spinnrad und spann dicke, wollene Fäden, die sie auf riesige Knäuel wickelte. Wenn die Knäuel groß genug waren, strickte sie Strümpfe, Handschuhe, Schals und sonstige praktische Kleidungsstücke für ihre Kinder. Auch die verhassten Leibchen mit den Strumpfhaltern waren dabei. Das waren eng anliegende Westen, die auf beiden Seiten mit Strumpfhaltern versehen waren. Die Buben trugen im Winter zu ihren kurzen Hosen lange, schafswollene Strümpfe die an den Strumpfhaltern der Leibchen mit Knöpfen befestigt wurden. Lange Hosen gab es für Kinder noch nicht. Die schafswollenen Kleidungsstücke kratzten und juckten am ganzen Körper, besonders die Leibchen, welche auf der nackten Haut getragen wurden, es war eine Qual diese Klamotten zu tragen.

3. Kating

Im Sommer 1948 war die Währungsreform im Deutschen Westen gerade ein paar Tage alt und die neue Deutsche Mark glänzte in den Geldbörsen und in den zu Haushaltsgeldbehältern beförderten Blechdosen und Zuckerdosen der Hausfrauen in den Küchenschränken. Das Wirtschaftswunder gedieh wie frische Blütenknospen an den Apfelrosen, welche wild an den Bahndämmen zwischen Kating und Tönning wucherten und war kurz davor, dank deutscher Tugenden wie Ehrgeiz, Fleiß und Gründlichkeit, das vom Krieg ruinierte Deutsche Vaterland in eine blühende Landschaft zu verwandeln.

Seit drei Jahren lebte unsere westpreußische Familie aus Elbing in diesem Zollhaus in Katingsiel an der Eidermündung auf der Nordfriesischen Halbinsel Eiderstedt. An einem sonnigen Sonntagnachmittag pochte ein Mann, der die letzten Tage des zweiten Weltkriegs als Volkssturmheld erlebt und überlebt hatte, an die Haustür des Zollhauses und beanspruchte sein Haus mit den roten Backsteinen und dem Reetdach. Er hatte auch gleich eine Lösung für das Wohnungsproblem mitgebracht.

In Kating, fünfzehn Fahrradminuten vom Zollhaus in Katingsiel entfernt, waren während des Krieges mitten auf den grünen Katinger Wiesen Flakstellungen gebaut worden. Diese betonierten Einrichtungen, auf deren oberster Plattform Flugabwehrkanonen thronten, wur-

den für die Abwehr von überfliegenden, feindlichen Militärflugzeugen aller Art hergestellt. Neben diesen Flakstellungen waren Unterkünfte für Soldaten, die diese Flugabwehrgeschütze bedienen sollten, errichtet. Das waren Gebäude aus roten Backsteinen die lediglich aus einem Kellergeschoss bestanden und auf einer kleinen Anhöhe standen. Diese Bunker ragten eine Kellerfensterhöhe aus dem Erdboden und wurden mit einem Satteldach abgeschlossen, das mit ein paar Schichten sandiger Teerpappe bedeckt war. In den Bunkerräumen sickerte, mangels einer Wasser abweisenden Einrichtung, das Wasser an den Wänden herunter und sammelte sich, falls es nicht weggewischt wurde, auf den von Soldatenstiefeln abgewetzten Steinplatten des Fußbodens. Den Einbau einer Drainage hatte man nicht für nötig gehalten, den Bauherren und Architekten dieser Soldatenunterkünfte waren wohl die örtlichen Gegebenheiten mit dem Grundwasserspiegel nicht bekannt, oder sie wollten auf den Rücken und den kalten Füßen der Kanoniere die Kosten niedrig halten. An der westlichen Außenseite des Bunkers hatte der Architekt direkt an der Wand einen Brunnen geplant und realisiert. Das Regenwasser, über dessen Nachschub man sich nicht beklagen konnte, wurde vom Bunkerdach über eine provisorische Konstruktion in den Brunnen geleitet und sorgte ständig für einen ausreichend hohen Wasserstand. Im Brunnen befanden sich neben tummelnden Fröschen auch dicke, schleimige Schnecken, die an der feuchten, kühlen Brunnenwand klebten und dort ihr kärgliches Dasein fristeten.

Dieser Reihenbunker, der aus zwei Reihen-Endbunkern und einem Reihen-Mittelbunker bestand, bot immerhin ganzen drei Familien Schutz und Geborgenheit. Unsere Familie sollte in einen Reihen-Endbunker ziehen, der sich auf der Ostseite des Gebäudes befand. Die Behausung bestand aus zwei Zimmern und einem Vorraum der nach außen mit einer großen, hölzernen, mit grüner Farbe versehenen Schiebetür abgeschlossen war. Von der Schiebetür ging eine breite, aus roten Backsteinen und acht Stufen gefertigte Treppe nach oben und endete in einer grünen Fenne. Schwarzweiß gescheckte Kühe kamen bis an die Treppe und produzierten mit ihrem Verdauungsendprodukt kreisrunde, bratpfannengroße, grünbraune Fladen. Nicht jede Kuh hatte die Geduld, bei der Entleerung ihres Darms, stehen zu bleiben. Dann waren die Fladen nicht rund, sondern zogen sich entlang der Laufrichtung, immer kleiner werdend, in ovalen bis undefinierbaren Formen, dahin. War die Konsistenz dieser Kuhscheiße etwas zu dünn geraten, so ordneten sich rund um den Fladen tropfenförmige Spritzer, die dem ganzen ein künstlerisches Aussehen verliehen. Der Künstler Joseph Beuys (1921-1986) stellte einmal die Behauptung auf: »Jeder Mensch ist ein Künstler.« Hier könnte man das künstlerische Talent auf Rindviecher und sonstige Wiederkäuer erweitern.

Nachdem der Bauer mit dem Pferdewagen, beladen mit den Habseligkeiten unserer Familie, angekommen war, wurde sogleich alles abgeladen und in die neue Behausung gebunkert. Eile war geboten, denn die Unbeständigkeit des lokalen Wetters war voller Überraschungen und man war gut beraten, damit zu rechnen, dass ein Regenschauer das Unternehmen ins Wasser fallen lassen könnte. Kaum war alles abgeladen, verdunkelte sich auch schon der Himmel und ein warmer Platzregen sorgte dafür, dass die Humusdecke des fruchtbaren nordfriesischen Marschlandes erneut einen Mindestanteil an Feuchtigkeit erhielt.

Die Pfützen, welche der Regen gebildet hatte, waren für unsere Kinder, besonders für Karin und Siegfried, die inzwischen fünf und vier Jahre jung waren, eine herrliche Gelegenheit ihren Bewegungs- und Entdeckerdrang auszuleben. Sie maßen die Tiefe dieser Wasserlachen mit ihren nackten Füßen, warfen Steine und sprangen hinein, dass es nur so spritzte. Karin entdeckte ein Stück Holz, legte es aufs Pfützenwasser und stellte sich ein Schiff vor, welches in der Nordsee schwamm. Der Fantasie waren keine Grenzen gesetzt. Siegfried versuchte mit Steinen das Schiff zu versenken und kreischte triumphierend, wenn er einen Volltreffer gelandet hatte.

»Stänker nicht immer, das sag ich alles Papa!« empörte sich Karin.

Darauf trug Siegfried vor:
»Petze, Petze ging in Laden,
wollt ein Stückchen Kuchen haben,
Kuchen aber gab es nicht,
Petze, Petze ärgert sich!«

Dann streckte er ihr noch die Zunge raus und übte sich weiter im Steine Zielwerfen.

Der Papa wollte gerne auf die künstlerischen Einlagen der Rindviecher in unmittelbarer Nähe der neuen Behausung verzichten und meinte, als erstes brauchen wir eine Kuhfladengrenze. Er besorgte sich Pfähle und Stacheldraht und baute in respektvollem Abstand zum Bunker einen Zaun. Nun standen die schwarzweiß gescheckten Tiere am Stacheldrahtzaun und glotzten, ländliche Ruhe ausstrahlend, hinter ihren langen blonden Wimpern zu den neuen Bunkerbewohnern hinüber. Ihre Kunstwerke konnten sie ab jetzt nur noch bis zu dieser Sperreinrichtung präsentieren, was sie auch eifrig taten.

Dann legte Vater einen Garten an. Es war Frühsommer und man konnte noch Buschbohnen stecken und an der Südwand des Bunkers, die nicht höher war als ein Kellerfenster, Tomaten pflanzen. In diesem fruchtbaren, dunklen Marschboden, der durch jahrelange Schlickablagerungen entstanden war, als sich die Gezeiten mit ihren Schlamm- und Wassermassen ungehindert über Fluren und Felder ausbreiten konnten, wuchs und gedieh alles prächtig und üppig. Im Herbst würde er Johannisbeeren, Stachelbeeren und Obstbäume pflanzen. Im nächsten Frühjahr Kartoffeln, Zwiebeln, Möhren und Radieschen.

Der Weg zum Bunker ging mitten durch die Flakstellung, in der Mitte eine Betonfläche, links und rechts die Schutz bietenden Unterstände. Auf den Unterständen waren noch Spuren von den Kanonen vorhanden, die längst abgebaut waren und vielleicht als Kriegsbeute irgendwo in einem alliierten Schuppen vor sich hin rosteten. Ingrid suchte ein Versteck für ihren Bernstein und fand es in einer Betonspalte in einem der Unterstände. Dort deponierte sie ihre geheimnisvolle, lieb gewonnene Kostbarkeit, drückte einen Lehmklumpen davor und war sicher, dass dieses Versteck nur sie und der liebe Gott kennen würden. Dann äugte sie vorsichtig nach draußen, stellte fest, dass die Luft rein war und schlenderte, ein zufrieden unschuldiges Gesicht machend, routiniert den Kuhfladen ausweichend, über die Fenne, die sich wie ein grüner glänzender Teppich bis nach unten zum schilfigen Graben ausbreitete.

Die Fenne stand zu dieser Jahreszeit neben saftigen Gräsern, Gänseblümchen und allerlei Kräutern, voller Pusteblumen. So nannten die Kinder den Löwenzahn, wenn er am Ende seines Hohlstängels seine leuchtend orangegelben Blüten in weiße, Tischtennisball große Samenbällchen verwandelt hatte und dem spielenden Frühsommerwind überließ. Die Kinder wetteiferten damit, wer mit den wenigsten Pusteansätzen alle Samenkörner, jedes einzelne mit einem Flugschirm ausgestattet, vom Kopf des Stängels pusten konnte. Am besten war der, der die meisten Samenkörner auf einmal in die Luft beförderte.

Der untere Graben war durch ein breites, geschlossenes Tor unterbrochen, dahinter befand sich entlang des Grabens ein fuhrwerksbreiter, von Breitwegerich und Sauerampfer besäumter Weg niederer Ordnung. Hinter diesem Feldweg befand sich parallel dazu ein weiterer Graben. Dahinter stand ein schmales, aus roten Backsteinen bestehendes Gebäude, welches man ungehindert an einer Stelle, wo der Wassergraben zugeschüttet war, erreichen konnte und aus dem sich unangenehme Gerüche ausbreiteten. Es handelte sich hierbei um eine Einrichtung für das Personal, welches die drei Flakstellungen bediente, und sich strategisch klug im Mittelpunkt dieser Militäreinrichtungen befand. Diese Einrichtung, nicht nur in Soldatenkreisen Latrine genannt, bestand aus fünf nebeneinander liegenden hölzernen Sitzgelegenheiten mit einer genügend großen Aussparung auf denen die Soldaten gemeinsam ihr Geschäft verrichteten und dabei die berühmt berüchtigten »Latrinengerüchte« austauschen konnten. Unzählige Fliegen tummelten sich summend in der Luft, unter den offenen Sitzluken und an den Wänden, die teilweise mit Fäkalien verunziert waren. Der Wind, welcher durch die halb geschlossene Brettertür pfiff, sorgte nur ungenügend für frische und halbwegs erträgliche Luft.

Dicht hinter dem Latrinengebäude hatte der Bauer nach dem Krieg sein Land wieder für sich zurückerobert und ein Kornfeld angelegt. Der Frühsommerwind strich sanft über die saftig grünen Halme und ließ die Ähren in leichten Wellenbewegungen, wie das Wasser auf einem Dorfweiher, auf und nieder schwingen.

Vom Reihen-Endbunker bis zum breiten Eichentor, das Heck genannt wurde und die Fenne vom Landwirtschaftsweg, welcher Bumsweg genannt wurde, trennte, hatte sich mit der Zeit ein Trampelpfad gebildet der relativ trocken war und man konnte, auch wenn es geregnet hatte oder das Gras der Fenne vom Morgentau noch nass war, trockenen Fußes bis nach unten zu diesem Heck gehen. Rechts von diesem Tor war ein Brett, eine Fußgängerbrücke, über den Graben gelegt. Zwillingsbruder Eckhard lag bäuchlings auf diesem Holzsteg und versuchte mit einem verbeulten Gefäß, das die Ähnlichkeit einer Konservendose hatte, Stichlinge, die er als Köder zum Angeln benutzten wollte, aus dem mit Schilf fast zugewachsenen Graben zu fischen.

»Na, wo haste denn jetzt deinen Bernstein versteckt?« fragte er Ingrid, als er sie erblickte.

»Du weißt doch, dass ich das nicht verrate«, entgegnete seine Zwillingsschwester standhaft«, ne Angel kannste dir ja selbst basteln.«

»Ja, aber ich brauche richtige Angelhaken, mit einem Widerhaken, damit der Wurm nicht abrutscht und der Haken im Fischmaul hängen bleibt.«

Ingrid fand kein Interesse an Wurm aufspießen und arme Fische töten, wandte sich ab und ging zurück nach Hause, zum Reihen-Endbunker.

Da war der Familienvater mit merkwürdigen Dingen beschäftigt. Er werkelte zwischen Brettern, Balken, Platten, Nägeln, Schrauben und diversem Handwerkszeug herum.

»Papa, was machst du denn da?«, fragte sie wissbegierig.

»Ich baue einen Stall«, meinte er und strich seiner Tochter liebevoll übers Haar.

»Da kommen Hühner, Enten und Gänse rein, und ein Plumpsklo.«

Ingrid überlegte, ob man da auch etwas verstecken könnte.

»Baust du da auch Verstecke mit ein?«, wollte sie wissen.

»Wozu brauchst du ein Versteck?«

»Ach nur so«, sagte sie abweisend, machte ein freundliches Gesicht und stieg die acht Stufen zum Reihen-Endbunker hinunter.

Dort stand ihre Mutter vor dem Herd und hantierte mit Töpfen und Pfannen. Sie war bekleidet mit einer Kittelschürze, aus den Taschen hingen Topflappen, die tagtägliche Hausarbeit hatte ihre Spuren in Form von Flecken und Löchern an diesem Kleidungsstück hinterlassen. Ihre Füße steckten in verschlissenen Filzlatschen, ein buntes Kopftuch hielt ihre strähnigen Haare zusammen. Ihre Brille war vom Dampf der Kochtöpfe beschlagen. Waltraut stand daneben und schaute zu.

»Du musst bei Milch immer rühren, damit nichts ansetzt oder gar anbrennt«, lehrte sie ihre Tochter indem sie ihre Nase geräuschvoll in ihre Kittelschürze schnäuzte.

Auf dem Herd stand ein Kochtopf mit Milch, darin hatte sie eine Portion Weizengrieß geschüttet, heute sollte es Grießbrei geben.

»In Tönning gab es heute Dörrpflaumen, die gibt's dazu«, ergänzte sie, indem sie ihrer ältesten Tochter den Kochlöffel in die Hand drückte.

»Pass auch auf, dass es nicht überkocht!«, ermahnte sie.

»Wenn es hochkommt, schiebst du den Topf auf die Seite, da ist es nicht so heiß.«

»Komisch«, bemerkte sie noch wie zu sich selbst, »die Milch ist so dünn, kriegen die Kühe denn kein richtiges Futter?«

Sie kam nicht darauf, dass die Milch immer dann, wenn der Eckhard zum Milchholen beim Bauern Hansen geschickt wurde, so dünn war. Der Eckhard bekam nämlich auf dem Heimweg mächtigen Durst. Nachdem er die Milchkanne ein paar Mal kreisend durch die Luft geschwenkt hatte, wobei mit Hilfe der Zentrifugalkraft kein Tröpfchen von dem köstlichen Nass verloren ging, nahm er ein paar kräftige Schlucke von der herrlich schmeckenden, euterwarmen, fetten Kuhmilch. Nun reichte die Flüssigkeit aber nicht mehr bis zum unteren Deckelrand, aber dieser ostpreußische Lorbass wusste schon was zu tun sei. Er suchte sich eine saubere Stelle in einem der biologisch reinen Wassergräben die er auf seiner Milchtour mehrmals überqueren musste, schob vorsichtig mit der Hand die obenauf schwimmende, linsenförmige, grüne Entengrütze zur Seite, tauchte das Gefäß behutsam in das Wasser und ließ die fehlende Flüssigkeit langsam in die Kanne laufen. Dann schüttelte er bei geschlossener Kanne das Gemenge mit ruckartigen Bewegungen, warf noch einmal einen prüfenden Blick hinein um festzustellen, dass die Milch augenscheinlich rein und nicht die Spur einer verräterischen Wasserlinse zu entdecken war. Der Fettgehalt dieses Gemisches wurde durch diese Manipulation drastisch reduziert und das Gewissen unseres Milchboten lastete plötzlich wie ein voller Kartoffelsack auf seinen Schultern. Seine Beine wurden schwer wie Blei und ließen seine Schritte schleppender und kürzer werden als wenn er sich durch den zähen Schlick hinter den Deichen arbeiten müsste. Er warf zum wiederholten Male prüfende Blicke in die Milchkanne, ob nicht doch noch etwas Grünes obenauf schwamm. Dann nahm er allen Mut zusammen, warf den Kartoffelsack von seinen Schultern, schüttelte das Blei aus seinen Beinen und marschierte die letzten Meter, eine Phantasiemelodie pfeifend, zur heimatlichen Behausung. Dort angekommen machte er ein unschuldiges Gesicht, fragte ob er als Lohn fürs Milchholen und weil er doch so einen Durst hätte, einen Becher voll von dem köstlich weißen Getränk haben könnte.

Es dauerte keine drei Wochen und der neu erstellte Anbau, ein Multifunktionsstall aus Holz mit Hühnerabteilung, Entenabteilung, Gänseabteilung, Gartengeräteabteilung und Schweinestall war fertig. Gleich hinter der Eingangstür mit Sturmhaken innen und Sturmhaken außen, wurde ein Plumpsklo eingerichtet. Das war wie in Katingsiel, ein breites Brett mit einem entsprechend großen Loch in der Mitte. Darunter befand sich, etwas in der Erde vertieft, ein verbeulter Zinkeimer. Wenn dieser Eimer voll war, wurde er auf dem Misthaufen hinter dem Reihen-Endbunker entsorgt. Die Wände dieser sanitären Einrichtung wurden sorgfältig mit einer Schicht trockenen Schilfs isoliert. In Reichweite hingen säuberlich auf einer Schnur aufgereihte postkar-

tengroße Zeitungspapierblätter. Der Anbau hatte sogar
einen Holzbretterboden, unter welchem sich später die
Ratten einnisteten und ihre Jungen aufzogen.

Zum kleinbäuerlichen Anwesen fehlten noch Hund
und Katze. Es dauerte nicht lange und Papa brachte
eine kleine Hündin von einem Bauern mit. Es war eine
Promenadenmischung, etwas von einem Terrier oder
Spitz war dabei. Aber diese Mischungen sollten ja besonders kräftig und widerstandsfähig gegen Krankheiten
sein. Das Fell war schwarz und weiß, wie die der Kühe
auf den angrenzenden Weiden. Sie bekam den Namen
Nixe. Für Nixe wurde eine Hundehütte, als Anbau zum
Multifunktionshaus gezimmert. Bald danach kam noch
ein Kater hinzu, durch und durch mit schwarzem Fell
ausgestattet. Er hatte den Auftrag die Mäuse, welche
sich im Winter Schutz suchend und zwecks Vermehrung
am liebsten im Stall aufhielten, zu verjagen. Für Kater
Peter wurde aber keine Hütte gebaut, sondern er hatte
sich in seinem Jagdrevier, nachts im Stall und tags um
den Bunker, aufzuhalten. Da Peter und Nixe noch klein
waren, gewöhnten sie sich schnell aneinander, akzep-
tierten sich und vertrugen sich, während sie aufwuchsen,
wie zwei brave Lämmer.

Und jetzt wurde Richtfest gefeiert. Nachbarn aus weiteren drei Bunkern in der Umgebung hatten fleißig mit-
geholfen dieses Holzhaus zu errichten. Einer brachte eine
Quetschkommode, auch Ziehharmonika oder Schiffer-
klavier genannt, mit. Dann wurde musiziert, gegessen,
getrunken, getanzt und gelacht, alles mit den Mitteln

die zu dieser Zeit zur Verfügung standen. Die Schnaps-
flasche machte ihre Runde und die Kinder hatten ihren
Vater noch nie so ausgelassen und fröhlich gesehen. Die
Mutti aber brachte öfters ihre Abneigung gegen Alkohol
zum Ausdruck, indem sie wiederholend verächtlich bemerkte: «Alles Suffköppe hier!»

Am nächsten Morgen, während der Papa seinen Rausch
ausschlief, machte Mutti sich auf den Weg, um eine
Glucke und Hühnereier zum Ausbrüten zu organisieren. Papa hatte ihr inzwischen ein eigenes Fahrrad aus
mehreren alten zusammengebastelt. Damit fuhr sie zum
Bauer Hansen, der in Sichtweite vom Bunker seinen
Hof hatte. Sie hatte Glück und kam mit einer Glucke
und zehn befruchteten Hühnereiern zurück. Die Glucke
war eine Henne, welche aufgeplustert in unregelmäßigen
Abständen »gluck, gluck, gluck« von sich gab und damit ihre Bereitwilligkeit zur Aufzucht von artgerechter
Nachkommenschaft signalisierte. Mutti legte die Eier
in ein strohernes Nest, das sorgfältig im neuen Stall
vorbereitet war und setzte die ihrem Bruttrieb folgende
Glucke darauf. Dieses Federvieh begann sofort schweigend sich noch mehr aufzuplustern und geduldig ihre
Körperwärme auf die Eier abzugeben. Sie verließ das
Nest nur zum Fressen und blieb dann höchstens eine
halbe Stunde entfernt, damit die Eier, deren Temperatur sie beständig auf 38 bis 40 Grad Celsius hielt, nicht
auskühlten.

Nach 21 Tagen war es dann soweit. Die piepsenden Küken brachen die Eierschale mit ihrer Eischwiele, einer

verhornten Erhebung auf dem Schnabel, von innen auf, erblickten das Licht der Welt und sahen als erstes ihre Mutter, die aufgeregte Glucke. Doch das Mutterglück dauerte nicht lange, denn schon kam die Menschenmutter und nahm der enttäuschten Kükenmutter, die ihre Jungen tapfer verteidigen wollte, alle Küken weg, um sie unter kundiger Leitung einer Bauerntochter aufzuziehen. Weil die Glucke nun keine Eier mehr legen wollte, legten die undankbaren Menschen noch eins drauf und machten aus dem braven Tier eine kräftige Hühnersuppe.

Die Küken wurden in einem Pappkarton in der Nähe des warmen Herdes gestellt und mit frischen, klein gehackten Brennnesseln und Stückchen von hart gekochten Eiern hochgepäppelt. Das war eine Piepserei und ein Gewusel. Es war eine Freude zuzusehen, wie aus kleinen, gelben, tischtennisballgroßen Lebewesen große, eierlegefähige Hennen wurden. Dann kamen sie nach draußen in den Stall Marke Eigenbau, in dessen Wand der Hobbyarchitekt eine passende Tür für das Federvieh eingebaut hatte. Die glücklichen, gelbbraunen Hühner liefen tagsüber frei zwischen den schwarzweißen Kühen auf den grünen Fennen herum, scharrten hier und pickten dort und fanden allerlei Fressbares. Auch Essensreste wurden an die Hühner verfüttert, ihnen schmeckte wirklich alles. Mutti brauchte nur an eine alte Bratpfanne zu klopfen und schon kamen die Deutschen Haushühner, rannten und flogen wie Vögel, um sich von dem abwechslungsreichen Futter ihre Kröpfe zu füllen. Sie dankten es den Menschen, indem sie prächtige Eier mit harter Schale und dunkelgelbem Eidotter legten, im Sommer jeden Tag eins, im Winter weniger.

Enten und Gänse wurden in der gleichen, bewährten Vorgehensweise aufgezogen. Mutti hatte Kenntnisse und Fertigkeiten für dieses Zuchtverfahren auf ihrem elterlichen Bauernhof in Schwangen bei Müllhausen erworben. Zu jedem Weihnachtsfest freute sich die Familie auf den traditionellen Gänsebraten. Von der Gans wurde fast alles verwertet. Mit den gerupften Federn und Daunen wurden Betten und Kissen gefüllt: »In die Kissen, in die Pfühle, denn man liegt nicht gerne kühle«, wie es Wilhelm Busch in seinem »Max und Moritz« über die Witwe Bolte beschreibt. Außer dem Gänsebraten wurden vom Blut, dem Kopf, dem Hals, den Flügeln und den Innereien dieses Federviehs »Schwarzsauer« gekocht. Zusätzlich kamen noch dicke Klöße und Pflaumen hinein. Mit dem gereinigten Darm des Tieres wurden die Gänsefüße umwickelt und mitgekocht.

An schönen Sommertagen wurden alle Kinder zum Schafsköttel sammeln an den Deich geschickt. Diese Verdauungsendprodukte von Deichschafen, welche in unzähligen Mengen und in handlichen Größen auf den Weideflächen gleich hinter dem Deich zwischen Rotschwingel, Strandflieder und Milchkraut lagen, war hervorragendes Brennmaterial für den Kohlenherd, der in der Wohnküche des Reihen-Endbunkers unermüdlich seinen Dienst versah. Mit Muttis Damenrad und einem Jutesack ging es los. Am zwei Kilometer entfernten Deich angekommen wurden zunächst die trockenen, hellgrauen Köttel gesammelt. Aber der Sack musste voll werden, darum wurden jetzt die halbtrockenen gesammelt oder man musste weiter weglaufen, um noch trockene zu finden. Manchmal waren sie an der Unterseite noch ziemlich feucht und die Kinder ekelten sich sie anzufassen. Die Mädchen wischten ihre Hände am Gras ab und die Buben an ihren Hosen.

Wenn der Sack voll war, begann erst einmal der gemütliche Teil dieses Unternehmens. Da konnte man im Schlick laufen und sich schwarze Strümpfe anmalen. Kleine Krebse flüchteten aufgeregt im Seitwärtsgang. Man konnte sie fangen oder versuchen ihnen mit einem Strohhalm den Weg abzuschneiden. Sie wehrten sich, indem sie versuchten mit ihren Scheren nach dem Strohhalm zu greifen. Im glucksenden und blubbernden Schlick gab es allerhand zu entdecken. Wenn man mit einem Stock darin stocherte, kamen fingerdicke Schlickwürmer, unterschiedliche Sorten Muscheln und manch anderer Wattbewohner zum Vorschein. Wenn dann die Flut langsam die Priele mit von der Sonne aufgewärmtem Wasser füllte, konnte man in diesem salzhaltigen, heilsamen Nordseewasser baden. Badehosen gab es keine. Entweder behielt man die Unterhose an, legte sich danach zum trocknen in die Sonne, oder man badete im Adamskostüm.

Als die Sonne tief am Himmel stand, die Schatten der Schafe immer länger wurden, neigte sich ein wunderschöner Sommertag dem Ende zu. Der prall gefüllte Sack mit den Schafskötteln wurde quer über das Tret-

lager des Fahrrads gelegt und nach Haus geschoben.
Unterwegs pflückten die Mädchen noch Blumen, meist
Gänseblümchen, für die Mutti. Zu Hause wurden die
feuchten Köttel vor der endgültigen Verwendung in der
Sonne oder neben dem Herd noch endgetrocknet.

Am nächsten Tag war es so warm, dass man schon bar-
fuss gehen konnte. Eine Feldlerche stand hoch am Himmel und zwitscherte eine immer wiederkehrende Melodie, dass man sich wundern musste, woher dieser kleine
Vogel seine Energie bekam. Karin stand verträumt im
hohen Gras zwischen Blumen und Kühen auf der Fenne
und war fasziniert vom Gesang dieses winzigen Flug-
künstlers, der scheinbar unbeweglich oben in der blauen
Sommerluft stand und unermüdlich sein Lied trällerte.
Siegfried lag daneben auf dem Rücken im warmen Gras
und beobachtete ebenfalls aus dieser bequemen Stellung
dieses Schauspiel. Er wunderte sich, dass dieser singende
Flugakrobat seine Höhe behielt, ohne seine Position zu
verändern. Beim genaueren Hinsehen stellte er fest, dass
die Lerche unermüdlich rasend schnell ihre Flügel bewegte und damit ihre Position in der Luft fixierte.

Während Karin mit in den Nacken gelegtem Kopf einen
Schritt nach vorne machte verspürte sie plötzlich einen
stechend brennenden Schmerz unter ihrer Fußsohle. Ihrer Kehle entfuhr ein spitzer Schrei, so dass Siegfried
erschrocken aus seiner bequemen Rückenlage hochfuhr
um die Ursache dieser ungewöhnlichen Äußerung von
Schwester Karin zu erforschen. Eine Biene, die sich genüsslich am Nektar einer Wiesenblüte labte, fühlte sich

durch Karins Fuß gestört und wehrte sich, indem sie ihren Stachel mit dem Gift in die Fußsohle dieses Störenfrieds versenkte. Jammernd lief Karin in Richtung heimatlichen Reihen-Endbunker, um sich bei Mutti oder Papa Hilfe und Trost zu holen. Siegfried lief hinterher, er wollte unbedingt wissen, wie diese Geschichte ausging. Mutti war in Tönning Besorgungen machen, Papa war im Garten beschäftigt, zwischen seinen Zähnen steckte eine kalte Tabakspfeife. Rotz und Tränen weinend humpelte das kleine Mädchen zu ihrem Papa und klagte ihm ihr Leid. Der erkannte die Situation sofort und trug seine Tochter, tröstende Worte murmelnd, zur Bank gleich neben dem Brunnen. Sein vertraut warmer Geruch von Schweiß und Tabak löste augenblicklich eine entspannende Wirkung bei seiner kleinen Tochter aus. Dann holte er eine Schüssel mit Wasser, löste etwas Kernseife auf und stellte den kranken Fuß in das Seifenwasser. Er fand allerlei tröstende Worte und strich seiner Tochter übers blonde Haar indem er im Sprechgesang vortrug:

>>Heile, heile Segen,
drei Tag Regen,
drei Tage Schnee,
dann tut es nicht mehr weh!<<

Gleichzeitig hielt er ihr eine Tüte mit Backpflaumen hin. Tochter Karin griff milde gestimmt hinein, und nachdem sie eine dieser herrlichen Genüsse in den Mund gesteckt hatte, begann sich der Schmerz im Fuß langsam zu verflüchtigen und erinnerte nur noch mit seiner geröteten Schwellung an das unglückliche Ereignis.

Auf einigen Fennen waren Vertiefungen in Größe und Form eines Dorfweihers vorhanden, Kuhlen genannt. Darin sammelten sich Grundwasser und Regenwasser und bot dem Vieh Gelegenheit, darin seinen Durst zu löschen. Nach einem starken Regen waren diese Wasserlöcher besonders hoch angefüllt und die Fenne ringsum verwandelte sich in eine sumpfartige Landschaft. Für die Kinder eigneten sich diese Wasseransammlungen hervorragend für Wasserspiele, und Badegelegenheiten. Man konnte herrlich darin rumplanschen, sie waren nie tiefer als einen Meter. Trotzdem schimpfte die Mutter:

»Geht mir nicht immer in dieses Wasser und verdreckt euch nicht eure Klamotten!«

Im Winter waren diese Wasserkuhlen mit einer dicken Eisschicht bedeckt und eigneten sich hervorragend für vergnügliche Winterspiele wie Rutschbahnen, Schlittschuhlaufen und Eishockey spielen.

»Ich geh mal zur Kuhle« meinte Karin. »Ich komm mit!« rief Bruder Siegfried »wer zuerst da ist!« und rannte los. Karin, den Bienenstich längst vergessen, flitzte hinterher. Es waren nur 200 Meter und schon waren sie im Wasser, dass es nur so spritzte. Sie rutschten aus und fielen hin, lachend betrachteten sie ihre nassen Hosen und Kleider. »Mutti wird wohl wieder schimpfen, egal, wir legen uns in die Sonne und warten bis alles wieder trocken ist!« meinte das Mädchen.

»Oder wir laufen zur Badeanstalt, ziehen unsere Sachen aus, und legen sie in die Sonne« überlegte Siegfried. Mit Badeanstalt meinte er den Rest eines Bunkers, der nur noch aus dem Keller bestand und randvoll mit algengrünem Wasser gefüllt war. Darin befand

sich allerlei rostiger Schrott, Reste von Autobatterien und Ziegelsteine. Sogar die Speichen eines demolierten Fahrrades ragten aus dem Wasser. Die Kinder sahen nicht die Gefahr dieses unsauberen und durch alte Batterien vergifteten Wassers. Sie konnten zwar noch nicht schwimmen, aber sie gingen einfach hinein bis ihnen das Wasser buchstäblich bis zum Halse stand und genossen die kühle Frische. Sie blieben so lange drin bis sie bibbernd mit den Zähnen klapperten und die Lippen blau anliefen. Dann legten sie sich in die wärmende Sonne und warteten bis sie und ihre Kleider trocken waren.

Der Spätsommer kündigte sich mit Frühnebeln an und die Halme von Weizen, Gerste, Roggen und Hafer standen stolz und aufrecht, auf ihren gesegneten Feldern. Eine warme Brise strich sanft über die ockergelb leuchtenden Kornfelder und ließ die Ähren auf ihren kräftigen, strohigen Stängeln nur leicht erzittern. An den Rändern dieser Felder und zwischen den Ähren wucherte auf krautigen, grünen Stängeln die stark duftende Kamille mit ihren Blüten, die Köpfchen in der Mitte goldgelb, eingerahmt von einer Reihe schneeweißer Hüllblätter. Zwischendrin leuchteten bunte Gruppen roten Mohns im Wechsel mit himmelblauen Kornblumen und am Ende der Felder, an den Wassergräben, wuchs auf ihren behaarten Stängeln die heilsame Schafgarbe mit ihren weißen bis schwach gelblichen Blüten.

Dann wurde es Herbst in Kating. In den frühen Morgenstunden schwebten milchige Nebelschwaden kirchenstill und regungslos über taunasse Wiesen und Felder.

In der Ferne blökte ab und zu eine Kuh, von Zeit zu Zeit das blecherne Geräusch einer Milchkanne. Es war nicht auszumachen aus welcher Richtung die Geräusche kamen, es war, als kämen sie aus der Ewigkeit. Der Tag erwachte schlaftrunken und mit zunehmender Helligkeit entwickelten die Nordwestwinde ihre Kraft und rüttelten an den leidgeprüften Bäumen. Blätter in allen warmen Farbschattierungen lösten sich kraftlos von ihren Zweigen und wurden vom Wind in alle Himmelsrichtungen vertrieben. Die Felder waren abgeerntet. Es standen nur noch die blassen, bis auf 20 Zentimeter abgemähten Strohstoppeln. Dazwischen versammelten sich Vögel der unterschiedlichsten Arten um sich an den Getreidekörnern, die beim Mähen heruntergefallen waren, zu mästen. Auch die Feldmäuse nutzten die Gelegenheit, um ihre unterirdischen Kornkammern aufzufüllen.

Auf den Stoppelfeldern ließen die Buben ihre, aus Zeitungspapier und Mehlkleister oder Kartoffelkleister selbst gebastelten, klassischen Drachen steigen. Dann wurde Drachenpost geschrieben. Ein handtellergroßes Stück Papier mit einem Loch in der Mitte wurde über die gespannte Schnur geschoben und dem pfeifenden Wind überlassen. Der ließ die Post in rasender Geschwindigkeit über die Schnur gleiten, bis sie nicht mehr zu sehen war und vom Drachen hoch am Himmel empfangen wurde. Die Haltbarkeit der Schnüre war zu dieser Zeit nur begrenzt und der stürmische Herbstwind zog, rüttelte und blies daran, bis manches Schnurwerk zerriss und der selbst gebastelte Flugkörper weit weg über Feld und Flur getragen wurde, bis er sich torkelnd auf einem der Felder niederließ. Die Buben rannten hinterher, überquerten Fennen und Stoppelfelder, vorbei an erschrockenen Kühen, Schafen und Pferden, kletterten über Hecks und übersprangen Wassergräben. Das alles, ohne die Absturzstelle des Drachens aus den Augen zu lassen!

Bei schönem Wetter, was auf dieser Halbinsel Eiderstedt im Herbst leider nicht häufig vorkam (es war schon schön, wenn es mal nicht regnete), begannen die Bauern ihre Äcker zu pflügen. Dies taten sie um eine Verbesserung des Bodens für das kommende Jahr zu erreichen. Mit zwei kräftigen Holsteiner Stuten, gespannt vor einem Einschar-Karrenpflug, erzeugten sie schnurgerade, schwarze, dampfende Reihen glänzender Schollen. Dahinter folgte der Bauer mit schleppend schwerem Gang. Seine Stiefel, durch die Ansammlung klebrig feuchter Erde zu unförmigen, schweren Klumpen verwandelt, machten seine Leichtfüßigkeit zu einem mühselig schleppenden und Kräfte zehrenden Gang. Die Hemdsärmel hochgekrempelt, sein Gesicht von der rauen, salzigen Herbstluft gebräunt, gehärtet und von der Anstrengung schweißglänzend. Den Blick angestrengt abwechselnd auf Pferde und Pflug gerichtet. Die Zügel hatte er um seinen Hals geworfen, mehr als ein paar murmelnde Worte brauchte er nicht, um seine Pferde, mit denen er schon jahrelang ein vertrautes Arbeitsverhältnis hatte, zu lenken. Starke Hände umspannten die beiden Griffe des Pfluges. Teils stützte er sich, teils lenkte er das landwirtschaftliche Gerät, das sich schlurfend und schabend durch den feucht-schwarzen Boden arbeitete. Er musste *das Gerät, das auf zwei Rädern geduldig stupide seinen Dienst verrichtete, in die ideale Richtung lenken und darauf achten, dass sich der Stahl in gerader Linie und richtiger Tiefe durch die Ackerkrume zog. Das Gespann wurde von einem Schwarm kreischender Möwen begleitet, die darauf aus waren, in der frisch aufgeworfenen Erde allerlei fressbares Gewürm zu finden.*

Die dritte Jahreszeit auf der Halbinsel Eiderstedt war lang, nass und kalt. Dunkle Wolken zogen drohend, fast die Kirchturmspitzen berührend, übers triefende Flachland und entledigten sich unaufhörlich ihrer Wassermassen. Der Nordseesturm trieb peitschend den Regen vor sich her, ließ die Sicht auf ein paar Meter schrumpfen und riss große Stücke sandiger Teerpappe vom Bunkerdach. Regenschirme knickten ein, abgerissene Zweige flogen durch die Luft, einige schwache Bäume konnten dem böigen Toben keinen Widerstand entgegen setzen und berührten mit den Spitzen ihrer Kronen fast den Boden. Auf den schlammigen Wegen konnte man nur balancierend gehen und nicht selten rutschte einer aus und fand sich sitzend im aufgeweichten Morast wieder. Unsere Familie saß in ihren relativ trockenen Bunkerräumen am warmen Herd und vernahm das gedämpfte Heulen und Toben des Sturmes mit gemischten Gefühlen. Die Schafsköttel, welche die Kinder hinter dem Deich gesammelt hatten, waren längst verpulvert, jetzt wurde mit Holz und Briketts gefeuert. Die Vorräte für Brennmaterial waren im Multifunktionsstall gelagert, wo sich auch das Federvieh, geduckt Schutz suchend, aufhielt. In der Ecke grunzte zufrieden das Hausschwein Schnuffi, es hatte soeben gefressen. Es gab gekochte Kartoffelschalen mit etwas Glumse, die es mit den Hühnern, mit denen es eine Wohngemeinschaft bildete, teilen musste.

Waltraut war jeden Tag damit beschäftigt, das Wasser, welches durch die porösen Wände des Reihen-Endbunkers sickerte und sich auf dem Fußboden sammelte, aufzuwischen. Die Kinder bekamen der Reihe nach fiebrige Erkältungskrankheiten. Mutti fuhr mit ihrem Fahrrad, ein Kind auf dem Gepäckträger, zum 6 Kilometer entfernten Doktor nach Tönning. Im Wartezimmer des Arztes herrschte respektvolles Schweigen, es wurde nur geflüstert. Dann hieß es: »Der Nächste bitte!« Der Arzt horchte ab, schaute in den Hals, klopfte ab und verschrieb Hustensaft.

Im Herbst waren auch im Garten Arbeiten angesagt. Der Papa organisierte Johannisbeerstauden, Himbeerpflanzen und Rosenstöcke. Das alles pflanzte er in den Garten mit dem wunderbaren Mutterboden, goss und schlämmte alles gut an und überließ der Natur das Wachsen und Gedeihen seiner Arbeit.

Dann kam der Winter 1949/50. Der Wind flachte ab und eine trügerische Ruhe legte sich über Land und Leute. Kurz vor Weihnachten fing es an zu schneien und mit dem Schnee kamen Opa Pankrath und Helmut, Muttis Vater und ein Sohn von Muttis Bruder Gustav. Beide hatten die Jahre nach 1945 bei zwei Tanten von Helmut, in der sowjetisch besetzten Zone, auch Ostzone genannt, verbracht. Er hatte als sechsjähriger Junge mit eigenen Augen miterleben müssen, wie die Russen seinen Vater vom eigenen Bauernhof abgeholt und nach Sibirien verschleppt hatten. Er hat seinen Vater nie wieder gesehen. Seine Mutter ist nach dem Krieg an Typhus gestorben.

Der Opa hatte noch mehr traurige Nachrichten in seinem Gepäck: Eine gehörlose Schwester von unserer Mutti, war auf dem elterlichen Hof in Schwangen geblieben. Im Februar 1945 kamen ein paar russische Soldaten auf das bäuerliche Anwesen und fragten ob sich hier deutsche Soldaten versteckt hielten. Da die Auguste nicht hören konnte, machte sie wohl für die Russen unbefriedigende Äußerungen. Sie fackelten nicht lange, nahmen ihre Kalaschnikow und erschossen die arme Frau. Sie stand dabei vor dem Kachelofen im Wohnzimmer. Das Geschoss ging durch sie durch und blieb in der Wand des Kachelofens stecken. Man hat sie im Blumengarten, welcher direkt neben dem Wohnhaus lag, begraben.

Nun lebte die Familie mit neun Personen, Opa August, Vater Kurt, Mutter Grete, Töchter Waltraut, Ingrid und Karin, und Söhne Eckhard und Siegfried, in zwei feuchten, engen Zimmern eines Reihen-Endbunkers, einer ehemaligen Soldatenunterkunft neben einer Flakstellung in Kating auf der norddeutschen Halbinsel Eiderstedt. Opa Pankrath hatte ein offenes Bein, es stank mitunter unangenehm. Er war als Maurer von einem Gerüst gefallen und hatte sich dabei dieses unheilbare Leiden zugezogen. Seine Lieblingsbeschäftigung war

»Schucke schäle«, so nannte man die Kartoffeln auf dem elterlichen Hof in Schwangen bei Mühlhausen.

Die Mutti stand oft in der Wohnküche vor dem Herd und weinte schluchzend bittere Tränen in sich hinein. Dabei hielt sie Selbstgespräche, so als würde sie mit einem ihrer Geschwister reden. Zwischendurch schnäuzte sie ihre triefende Nase in die Kittelschürze, die sie bei ihrer täglichen Arbeit trug und so gut wie nie ablegte. Der Verlust ihrer Heimat, das Schicksal ihrer Familie und das kärgliche Dasein in diesem Bunker waren für den starken preußischen Charakter dieser Frau doch zu viel. Die Erinnerungen an ihren elterlichen Hof in Schwangen bei Mühlhausen, ein Anwesen wie in einem Bilderbuch, allein in der Landschaft stehend und umgeben von fetten Wiesen, blühenden Feldern und nichts als der Natur, ließen in ihr eine unstillbare Sehnsucht nach ihrer Heimat aufkommen. Ein Bauerngehöft aufgebaut in U-Form, mit Wohnhaus, Scheune und Stall. Dort hatte sie ihre Kindheit und Jugend verlebt. Geborgen in einer Familie mit ihren Eltern und acht Geschwistern. Diese Familie versorgte sich zu fast hundert Prozent mit eigenen Produkten. Neben Gemüse und Kartoffeln, die sorgsam den Winter über im feuchten und frostfreien Naturkeller lagerten, wurde Flachs angebaut und verarbeitet. Der Flachs wurde versponnen und zu Leinen verwebt um allerlei nützliche Tücher für den Haushalt und Bettwäsche herzustellen. Daneben wurde Federvieh gehalten um mit den Federn die Zudecke der Betten und die Einmachgläser mit Fleisch zu füllen. Einmal im Jahr wurde ein Schwein geschlachtet. Dann wurde gewurstet, geräuchert und der Fleischwolf betätigt. Das Fleisch wurde gepökelt und in Fässern gelagert. Die Winter in dieser westpreußischen Idylle waren unbarmherzig und hart. Es wurden bis zu minus 40 Grad Celsius gemessen. Der Schnee lag einen Meter hoch und die Obstbäume froren oberhalb der Schneedecke ab um im Frühjahr ab diesem Niveau wieder auszutreiben.

Lange noch hatten die Flüchtlinge aus dem Osten die Hoffnung, dass sie eines Tages wieder in ihre Heimat zurückkehren konnten. Regelmäßig fragte die Mutti beim Roten Kreuz nach, ob irgendein Lebenszeichen von ihrem Bruder Gustav, Helmuts Vater, eingetroffen sei… aber vergeblich.

Helmut wurde am 22. Dezember 1949 zehn Jahre alt, er war ein Jahr jünger als Eckhard. Die beiden passten altersmäßig gut zusammen und heckten so manchen gemeinsamen Streich aus. Mit dem kleinen Siegfried spielten sie Bauer und Pferdewagen. Siegfried war der Bauer und Helmut und Eckhard waren die Pferde. Die Pferde bekamen Drachenschnüre an die Arme gebunden, das waren die Zügel. Siegfried nahm die Zügel und rief: »Hüh!«. Schon setzten sich die Pferde in Bewegung. Wenn der Bauer am linken Zügel zog, liefen die Pferde nach links, am rechten nach rechts. Die zwei großen Lausbuben machten sich aber einen Spaß daraus, statt nach links nach rechts zu gehen und umgekehrt, und lachten, wenn Siegfried über die ungehorsamen Pferde schimpfte und sich ärgerte.

Am Tag vor dem Heiligen Abend wurde die fetteste Gans geschlachtet. Wie schon erwähnt, wurde von dem Tier alles verwertet. So gab es denn am 24. Dezember zu Mittag Schwarzsauer. Ingrid war ganz wild auf den Magen der Gans, der schmeckte ihr am besten. Sie schnitt sich ein Stück von dem gekochten Verdauungsorgan ab und steckte es in den Mund. Da biss sie auf etwas Hartes und hätte sich fast einen Zahn ausgebrochen. Sie spuckte aus und alle besahen sich die Ursache dieses Geschehens. In der Magenwand dieses unglücklichen Tieres war ein Aluminiumstück, es sah aus wie die kleine Klammer am Ende einer Wurst, eingewachsen. Die Gänse schnappten schon mal beim Aufnehmen ihrer Mahlzeit unverdauliche Dinge wie Steine, Holzstückchen oder wie hier am Beispiel Metallstücke mit auf. Nachdem sich Mutti vorgenommen hatte, beim nächsten Mal die Mägen dieser Tiere besser zu untersuchen, war der Fall schnell vergessen.

Am späten Nachmittag des Heiligen Abend war in der Kirche in Kating, eine halbe Stunde Fußmarsch vom heimatlichen Bunker entfernt, Christvesper. Alle Bunkerbewohner und die Bauern in der Umgebung machten sich auf, die Geburt Christi zu feiern, nur der Opa nicht. Sein krankes und immer aus der Wunde eiterndes und nässendes Bein hielten ihn im ebenso feuchten Bunker gefangen.

In der evangelisch reformierten Kirche, robust mit meterdicken Mauern aus Natursteinen und roten Backsteinen, für die protestantische Ewigkeit und darüber hinaus gebaut, herrschte mangels einer Heizung Eiseskälte. Durch die Wärme, die den Körpern und den Herzen der Gottesdienstbesucher entströmte, wurde die Luft ein wenig erwärmt und somit erträglicher. Das Gotteshaus war wunderschön geschmückt. Rechts vom Altar stand ein duftender Tannenbaum mit brennenden, weißen Wachskerzen, silbernem Lametta und silbernen Kugeln. Auf dem Altar, für jedermann sichtbar, war in Miniaturgröße der Stall von Bethlehem aufgebaut. Wie bei allen Darstellungen dieser Art war die eine Seite der Stallmauer offen gelassen, um den Zuschauern einen ungehinderten Einblick in die Szene der heiligen Nacht zu gewährleisten. In einer mit Stroh ausgelegten Holzkrippe lag das neu geborene Jesuskindlein, daneben saßen Maria und Josef, die Eltern dieser Hauptperson des heutigen Abends, und blickten glücklich auf ihren Sprössling. Es waren alle Personen, wie es in der Bibel steht, vorhanden. Die drei Könige mit Geschenken in der Hand, Ochs und Esel und die Hirten mit ihren Schafen. Die Kinder stellten zufrieden fest, dass der Ochse ein schwarz-weißes Fell hatte, genau so wie die Kühe auf den Katinger Fennen.

Die wurmstichigen Holzbänke waren bis auf den letzten Platz besetzt und in den Gängen drängelten sich die Gottesdienstbesucher. Für die Kinder war das die erste Geduldsprobe an diesem Abend; ihre Wangen waren vor Kälte und Erwartung gerötet. Die Orgel spielte heute besonders schön. Der Pfarrer beeilte sich seine Predigt an seine Gemeinde zu bringen, schreiende und weinende Kleinkinder machten ein konzentriertes Zuhören und

Verstehen seines Vortrags unmöglich. Orgel und Gemeinde wollten sich bei den Weihnachtsliedern gegenseitig überstimmen. Die Menschen sangen aus vollem Halse und voller Inbrunst, so als wollten sie die Stadtmauern von Jericho zum Einsturz bringen. Zumindest glaubten einige, dass die bunten, kunstvoll aus Bleiglas gefertigten Kirchenfenster vibrierten. Nachdem alle das Lied »Oh du fröhliche« gesungen hatten, wurden sie mit einem eindrucksvollen Nachspiel der Orgel zur hundertjährigen, aus Eichenholz und Schmiedeeisen bestehenden und von Wind und Wetter gegerbten Kirchentür hinausbegleitet.

Sie traten hinaus in die trockene, klirrend kalte und völlig windstille, wunderschöne Heilige Nacht. Draußen lag knöchelhoch, wie Puderzucker, ein pulvriger Schnee. Ein wolkenloser Himmel mit einem glühenden Mond und unzähligen funkelnden Sternen leuchtete ihnen den Weg nach Hause. Die Kinder wussten, inzwischen war der Weihnachtsmann da und hatte Geschenke gebracht, auch ein Tannenbaum mit brennenden Kerzen durfte nicht fehlen. Wie der Weihnachtsmann aussah, wusste auch schon der Jüngste der Familie. Die älteren Geschwister hatten es ihm beschrieben: Roter, bis auf den Boden reichender Mantel mit weißem Pelzkragen und weißen Rändern. In einer Manteltasche die Rute, bestehend aus einer handvoll Weidenzweigen. Rote Pudelmütze tief über Ohren und Stirn gezogen. Das halbe Gesicht hinter einem langen, weißen Rauschebart versteckt. Auf dem Rücken einen riesigen Sack, der so aussah wie der Kartoffelsack, den die Kinder mit Schafsköttel füllen mussten. In dem Sack schleppte er die Geschenke mit sich herum und während die Familie in der Kirche mit Lobgesängen und Gebeten die Geburt des Jesuskindlein feierte, legte er sie unter den Weihnachtsbaum, der in keiner Wohnstube fehlen durfte, ab. Er musste sich beeilen, denn zu der Zeit waren die Weihnachtsmänner, noch nicht motorisiert und mussten ihre Arbeit zu Fuß entrichten. Einige Fortschrittliche hatten einen Schlitten, von Pferden gezogen, diese bekamen denn auch einen größeren Wirkungsraum zugeteilt.

Die Familie war fast an ihrem Zuhause angekommen, da spielte eine heftige kindliche Fantasie dem kleinen Siegfried etwas vor. Er sah den Weihnachtsmann, wie er leibt und lebt, mit rotem Mantel, in gebückter Haltung eiligen Schrittes, durch den Schnee stapfend, sich vom heimatlichen Bunker entfernen. Siegfried war sich jetzt sicher, es gab ihn und er war da, entgegen allen Drohungen die er das ganze Jahr über hörte, wenn er nicht artig war, er würde nichts vom Weihnachtsmann bekommen, jetzt war er beruhigt. Zwanzig Jahre später hätte er noch schwören können, dass er ihn gesehen hatte, diesen guten alten Weihnachtsmann mit seinem roten Mantel und dem Sack auf dem Rücken.

Aber wieder wurde die Geduld der Kinder auf die Probe gestellt. Vor der Bescherung wurde erst einmal Abendbrot gegessen. Am Heiligabend gab es geräucherte Gänsebrust. Woher die Mutti diese Köstlichkeit besorgt hatte blieb ihr Geheimnis. Dann mussten alle Kinder in das zweite, angrenzende Schlafzimmer wo der Opa stöhnend sein krankes Bein hielt, geduldig warten, schon wieder. Inzwischen holte der Papa den Tannenbaum, den er schon vorbereitet und geschmückt hatte von draußen aus dem Multifunktionsanbau. Die Mutti holte die reichlich gefüllten bunten Teller aus der hintersten, untersten Ecke des Küchenschranks. Sie hatte peinlich darauf geachtet, dass auch jeder Teller mit dem gleichen Inhalt gefüllt war und keins zu wenig oder zu viel hatte. Die Kinder hörten im Nebenzimmer wie es raschelte und knisterte. Dann wurden die Kerzen angezündet und Mutti rief: »Der Weihnachtsmann war da!«

Die Kinder stürmten in die Wohnküche, welche erfüllt war von Tannen- und Kerzenduft. Die flackernden Lichter auf den grünen Tannenzweigen verströmten wohlig warmes Licht, das geschmolzene Wachs tropfte auf den feuchten Steinboden der Wohnküche und hinterließ kleine glänzende Häufchen. Die Karbidlampe auf dem Küchentisch wurde jetzt nicht gebraucht und war ausgemacht. Am Tannenbaum hingen spiralförmige Messingbohrspäne, die sich unaufhörlich bewegten und das Kerzenlicht in allen Farben reflektierten. Zwischen den Tannenzweigen glitzerten ein paar silberne Lamettastreifen wie die Sterne draußen am nächtlichen Weihnachtshimmel. Die Eltern saßen auf den Stühlen und beobachteten mit Wohlgefallen ihre Kinder, welche aufgeregt mit roten Wangen und klopfenden Herzen den schönsten Tag im Jahr genossen und sich auf Geschenke und bunte Teller stürzten. Aber schon wieder war Geduld gefragt, schließlich gibt es nichts umsonst im Leben. Bevor Geschenke ausgepackt und vom bunten Teller genascht werden durfte, mussten Weihnachtsgedichte vorgetragen werden. Die beiden Jüngsten noch nicht, aber Waltraut, Ingrid und Eckhard mussten mindestens einen Vierzeiler vortragen. Der Einfachheit halber bedienten sie sich jedes Jahr des gleichen Gedichts das etwa so klang:

> Lieber guter Weihnachtsmann,
> guck mich nicht so böse an,
> stecke deine Rute ein,
> ich will auch immer artig sein.

Dann wurde noch ein Weihnachtslied gesungen, am liebsten »Oh Tannenbaum«, dieses Lied kannten alle auswendig, wenigstens die erste Strophe. Dann endlich, das Warten hatte ein Ende und die Geduld wurde belohnt, konnten sich alle den Festtagsgenüssen hingeben.

Der Inhalt eines bunten Tellers, den es nur einmal im Jahr gab, sah etwa so aus: Von der Mutti selbst gebackener Pfefferkuchen in Herz- oder Sternform mit halben Mandeln belegt, eine halbe Tafel Schokolade, zwei Apfelsinen, zwei Äpfel, eine Rolle Drops, ein paar Nüsse, ein paar Kekse, ein paar Rosinen.

Waltraut, sie war inzwischen 14 Jahre jung und sollte zu Ostern eingesegnet werden, bekam zu Weihnachten einen selbst gestrickten Schafswollschal, ein Paar Handschuhe und ein evangelisches Kirchen-Gesangbuch. Ingrid erhielt ein Paar Handschuhe, eine Mütze, alles aus Wolle von Katinger Deichschafen, und eine

Puppe. Eckard bekam ebenfalls eine Mütze, ein Paar Handschuhe und einen Stabilbaukasten. In dem Kasten waren Blechstreifen mit Löchern und Eisenschrauben mit Muttern. Damit konnte man alles Mögliche zusammenschrauben und seine Kreativität üben. Angelhaken suchte er vergeblich unterm Tannenbaum; er hatte sie sich doch so sehr gewünscht. Helmut bekam neben Handschuhen und Mütze, ein Paar Schlittschuhe, die sein Onkel Kurt bei einem Trödler erworben und repariert hatte. Opa Pankrath durfte sich über ein Paar warme, wollene Socken freuen, die ihm seine Tochter Grete gestrickt hatte. Vor Freude vergaß er dabei für einen Moment sein schmerzendes Bein. Karin erhielt eine Mütze, einen Schal und auch eine Puppe. Siegfried auch Schal und Mütze und eine aus Blech gefertigte, kleine Kinderschubkarre, die der Papa heimlich in einer Werkstatt in Tönning angefertigt hatte. Mutti schenkte dem Papa eine Flasche Rum, der Papa der Mutti eine große Schachtel Pralinen. Außerdem schenkten sich die Eltern gegenseitig Hochachtung und anerkennende Blicke. Das größte Geschenk aber war für alle, dass die ganze Familie den Krieg überlebt hatte und jetzt relativ gesund und gespannt in die Zukunft und auf das Wirtschaftswunderland blicken konnte.

Am ersten Weihnachtstag, den 25. Dezember, gab es dann endlich zu Mittag die im Ofen geschmorte Gans. Bevor sie in einem großen Bratentopf in das Ofenrohr geschoben wurde, hatte Mutti sie kräftig mit Salz, Pfeffer und Majoran gewürzt, den Gänsebauch mit geviertelten, sauren Äpfeln gefüllt und sorgfältig zugenäht.

Nach drei bis vier Stunden war die knusprig braune
Gans gar und fertig zum Verzehr. Um den ganzen Bunker herum duftete es verlockend nach Gänsebraten.
Draußen schlichen Hunde und Katzen herum, angezogen von dem köstlichen Bratenduft, in der Hoffnung,
irgendetwas davon zu erhaschen. Nixe versuchte durch
lautes Kläffen und Zähne fletschen, die fremden Hunde
zu verjagen. Kater Peter half ihr dabei, indem er einen
riesigen Buckel machte und in Richtung der Fremdlinge
Furcht einflößend fauchte.

Das Weihnachtsfest ging nach Meinung der Kinder viel
zu schnell vorbei. Die Gans reichte noch für den zweiten
Weihnachtstag, von den bunten Tellern wurde eifrig genascht und die Tiere bekamen die abgenagten Knochen,
Essensreste und abgekochte Kartoffelschalen.

In ein paar Tagen war das Jahr zu Ende, an Silvester
wurden traditionelle Gebräuche praktiziert. Mutti buk
Silvesterkrapfen. Das waren Hefeteigklumpen, die im
siedenden Öl gegart und anschließend im Puderzucker
gewälzt wurden. Mit Geknalle und Getöse wurde das
alte Jahr verabschiedet und das neue begrüßt.

Es gab schon Knallkörper wie die »Schweizer Kracher«,
aber Eckhard bastelte sich selbst, in Ermangelung von
Geld und mit den überlieferten Kenntnissen und Fertigkeiten seiner Schulfreunde, eine Vorrichtung die
explosionsartige Geräusche von sich gab. Mit einem
Hohlschlüssel, einem Nagel, einer Schnur und einer
Schachtel Streichhölzer wurde folgendes Gerät gebaut:

Die 50 cm lange Schnur wurde mit einem Ende am Griff des Hohlschlüssels und mit dem anderen Ende am Kopf des Nagels befestigt. Dann wurden die Schwefelköpfe einiger Streichhölzer abgekratzt und in den Hohlschlüssel gestopft, wie Schießpulver in das Rohr eines napoleonischen Vorderladers. Anschließend wurde der Nagel in den Schlüssel gesteckt, sodass Nagel, Schlüssel und Bindfaden einen Kreis bildeten. Um einen Knall zu erzeugen, musste man diese Konstruktion an der Schnur fassen, sich an eine Mauerecke stellen und mit einer weit ausholenden Bewegung, das Gerät mit dem Nagel voran, gegen die Mauer schleudern. Der Nagel übte damit einen schlagenden Druck auf den Schwefel der Streichholzköpfe aus, brachte ihn zur Entzündung und quittierte diesen erfolgreichen Vorgang mit einem lauten, rauchenden Knall. Das waren die Katinger Silvesterkracher, die das Jahr 1949 verabschiedeten und 1950 begrüßten. Aber so mancher Hohlschlüssel ging dabei, wie bei einem Rohrkrepierer zu Bruch, weil die Konstrukteure der Hohlschlüssel nicht mit dem Erfindungsreichtum von zwölfjährigen Buben gerechnet hatten und die Stärke der Außenwand dieses missbrauchten Gerätes für derartige Detonationen zu schwach war.

Nach Einbruch der Dunkelheit rollten merkwürdig polternd rasselnde Geräusche übers flache Land. Der Lärm kam aus allen Richtungen, wurde lauter und kam näher. Zwischen rauchenden Knallkörpern und geborstenen Hohlschlüsseln standen sie plötzlich vor der Bunkertür. Es waren die Knechte und Söhne der umliegenden Bauernhöfe. Einer hielt eine merkwürdige Konstruktion, *die aus einer alten rostigen Milchkanne und stabilen Drähten bestand, zwischen den Beinen geklemmt und hielt sie mit seinen derben Händen fest. Das war der Rummelpott. Durch eine Öse, welche aus der Kanne ragte, hatten sie eine rostigbraune dicke Kette gezogen, wobei jedes Kettenglied wohl ein halbes Pfund wog. An jedem Ende der Kette zogen zwei weitere Knechte die Kette ruckartig hin und her, so dass rasselnde, blechern scheppernde Geräusche, verstärkt durch den Resonanzkörper der hohlen Kanne, weit über das flache Land zu vernehmen waren. Dabei trugen sie, im Rhythmus ihrer Zugbewegungen, im niederdeutschen Sprechgesang vor:*

Lieschen maak de Dör op,
de Rummelpott will rin.
Daar kümmt een Schipp ut Holland.
Dat hett keen goden Wind.
Schipper, wulltst du wieken!
Feermann, wulltst du strieken!
Sett dat Seil op de Topp
un geevt mi wat in'n Rummelpott!...

Ins Hochdeutsche übersetzt :

Lieschen, öffne die Türe!
Der Rummelpott will rein.
Es kommt ein Schiff aus Holland.
Das hat kein guten Wind.
Kapitän, du musst weichen.
Bootsmann, du musst streichen.

Setzt das Segel ganz nach oben
und gebt mir was in den Rummelpott!

Hündin Nixe und Kater Peter bellten und fauchten anfangs zwar mutig die fremden Rummelpöttler an, aber dann nahmen sie Reißaus und versteckten sich hinter dem Küchenherd. Als Belohnung ihres schweißtreibenden Vortrags bekamen die Rummelpottmusikanten je einen Silvesterkrapfen und zum Schutz gegen die Kälte einen Schnaps.

Die ersten Monate des Jahres 1950 waren kalt und lang. Helmut und Eckhard probierten ihre Schlittschuhe auf den zugefrorenen Gräben aus. Karin und Siegfried schlitterten hinterher, bis sie auf dem heimtückischen Eis im flachen Wasser einbrachen und sich nasse Füße holten. Waltraut und Ingrid mussten im Haushalt helfen. Waschen, putzen, stricken, Strümpfe stopfen und Wäsche flicken. Große Wäsche wurde von Hand, mit Waschbrett und Kochkessel, durchgeführt. Es wurde halt nichts weggeworfen und alles bis zum letzten Zipfel verwendet. Mutti schlachtete Hühner, Enten und Gänse, um sie als Vorratshaltung in Weckgläsern einzukochen.

Papa fütterte die Tiere, sorgte für genügend postkartengroße Zeitungsstücke an der Wand neben dem Plumpsklo und arbeitete gelegentlich beim Bauer Hansen, um seine Familie mit notwendigen Lebensmitteln zu versorgen. Einmal im Monat fuhr er mit seinem Fahrrad zur Gemeindeversammlung nach Kating. Er setzte sich für eine elektrische Stromversorgung der Bunker ein, die bisher nur mit Karbidlampen beleuchtet werden konnten. Nach der Versammlung gab es noch einen gemütlichen Teil. Dann wurde über Erfolg oder Misserfolg einer Abstimmung gebechert. Am Ende dieser Sitzungen, zu fortgeschrittener Nachtstunde, fiel ihm dann auf dem Heimweg das Rad fahren ziemlich schwer. Meistens ging es gut, aber einmal wurde sein Gleichgewichtssinn vom Alkohol so in Mitleidenschaft gezogen, dass er samt seinem Drahtesel im Straßengraben landete und dabei noch seine Brille verlor. Ohne Brille wurde ihm die Weiterfahrt doppelt erschwert, so dass er seinen fahrbaren Untersatz schiebend, den Weg nach Hause zu Fuß fortsetzen musste.

Ordnung und Gehorsamkeit waren in dieser Familie oberstes Gebot. Verständlich, bei drei Generationen mit neun Personen in zwei feuchten Zimmern. Wenn die Kinder mit nassen Füßen oder zerrissenen Hosen vom Spielen nach Hause kamen, sah Mutti als erstes nur die Arbeit und die Kosten, die durch Spieltrieb und Bewegungsdrang der Kinder entstanden waren. Damit sich die Kinder besser vorsehen, war oft eine körperliche Züchtigung die Fortsetzung mehrerer verbaler Ermahnungen. Ohrfeigen ins Gesicht oder Schläge auf das Hinterteil waren die Standardformen der körperlichen und seelischen Verletzungen. Bei wiederholter, erfolgloser Bestrafung, wurde das Züchtigungsverfahren gesteigert, indem vor den Schlägen auf das Hinterteil die Hose runter gezogen wurde, damit die Hiebe mit dem Hosengürtel auf das nackte Gesäß auch ihre nachhaltige Wirkung zeigten. Um Wirkung und Einschüchterung *noch effektiver zu gestalten, wurde ein Gerät entwickelt, welches aus einem Holzgriff und sieben Lederriemen bestand. Dieses Straf- und Geiselwerkzeug, welches den geistreichen Namen »Knut« erhielt, lag immer griffbereit in der Küche und brauchte oft nur drohend hochgehalten zu werden, und schon war zumindest Ruhe eingekehrt.*

Weihnachten 1950 war nicht so fröhlich wie in den vergangenen Jahren. Die Krankheit machte Opa Pankrath sehr zu schaffen. Mit seinem offenen Bein, dem nasskalten Bunker und seinem fortgeschrittenen Alter von 76 Jahren kämpfte er gegen Siechtum und Tod. Der Tod war stärker. Am 2. Weihnachtstag, den 26. 12. 1950 schlief er friedlich ein. Sein bunter Teller war fast nicht angerührt. Als ein Nachbar Karin fragte wie es dem Opa geht antwortete sie: »Der Opa ist krepiert!« Das hatte sie wohl mal von einem gehört, dem sein Hund gestorben war. Er wurde in der Kirche zu Kating aufgebart. Seine Familie verabschiedete sich von ihm indem jeder seine Hand auf seine eiskalten, blassblau gefalteten Hände legte. Seine Tochter Grete bestellte einen Grabstein mit der Inschrift:

Hier ruht

unser lieber Vater

Schwiegervater u. Opa

August Pankrath

** 23. 11. 1874*

+ 26. 12. 1950

Kampf u. Arbeit war dein Leben

Wir machen einen Sprung in das Frühjahr 1951. Schon im März, nach der Schneeschmelze, konnte man auf den großen Fennen beobachten, wie schwarzweiße Kiebitze mit ihren langen schwarzen Hauben auf dem Kopf, ihre zwecks Tarnung bräunlich gesprenkelten Eier in ihre Nester legten und ausbrüteten. Das machten diese Regenpfeifer mitten auf der Fenne unter einem Grasbüschel. Wenn sie Gefahr witterten, so flogen sie nicht etwa sofort vom Nest hoch, sondern liefen erst einmal im Zick-Zack-Kurs über die Fenne um sich anschließend in die Luft zu erheben. Ganz schlaue Vögel mimten eine Verletzung indem sie einen Flügel hängen ließen, um so den Feind vom Nest weg und auf sich zu lenken. Kurz bevor sie der Hund erwischte, waren sie wieder gesund und verschwanden blitzschnell Richtung Himmelszelt.

Die Zwillinge Ingrid und Eckhard waren im Januar 13 Jahre jung und die Karin 8 geworden. Siegfried war erst 6 und sehnte sich den 31. Mai herbei, an dem er 7 wurde und dann nur noch ein Jahr jünger war als seine Schwester Karin. Zu Ostern wurde Siegfried, der jüngste Spross der Familie, eingeschult. Er hatte vorher fleißig geübt seinen Namen zu schreiben, seine Geschwister hatten es ihm beigebracht.

Es gab zwei Volksschulen in Kating. Eine, die keine fünfzig Meter vom Deich entfernt stand und in der das 1. bis 4. Schuljahr untergebracht war, regiert von einem Fräulein Preuß. Auf dem Schulhof stand eine riesige Ulme, die mit ihrem weit ausladenden Blätterdach an heißen Sommertagen kühlen Schatten spendete und so

manchen vorbeiziehenden Wanderer zum Verweilen
einlud. Im Vorraum des Klassenzimmers hatte Fräulein
Preuß, neben den Vorräten an schwarzen Briketts und
staubiger Steinkohle, einen Eimer mit sauberem Brun-
nenwasser und einer Suppenkelle hingestellt. Nach hit-
zigen Pausenspielen konnten sich die Kinder kostenlos
an dieser kühlen Flüssigkeit erfrischen. Am Ende jeder
Pause schaute sie auf ihre Uhr, klatschte dreimal in die
Hände und rief: »In die Klasse!«

Die zweite Schule, nur dreißig Meter von der Kirche und
hundert Meter von der ersten Schule entfernt, wurde von
einem Lehrer Jacobsen, der die 5. bis 8. Klasse unter sich
hatte, befehligt. In diese Schule gingen Ingrid, Eckhard
und Helmut, Waltraut war schon konfirmiert, eingesegnet, wie man hier sagte, und hatte eine Lehrstelle als
Verkäuferin in Haagen/Westfalen angetreten. Jacobsen
war ein strenger Verfechter preußischer Tugenden, der
besonders mit Eckhard Schwierigkeiten hatte oder Eckhard mit ihm. Wenn das Klassenfenster bei schönem
Wetter offen stand, konnte man draußen im Vorbeige-
hen Lehrer Jacobsen brüllen und toben hören.

Der erste Schultag am Dienstag nach Ostern war für
Siegfried ein spannendes Erlebnis. Es war alles vorbereitet. Mutti hatte den Schulranzen gepackt, darin befanden sich eine aus Buchenholz gerahmte Schiefertafel,
ein Schwamm, ein Griffelkasten mit zwei Griffeln. Und
was vielleicht das Wichtigste war, ein mit Margarine
bestrichenes und in Zeitungspapier eingeschlagenes Pau-
senbrot! Das erste Mal, damit Siegfried seinen Schulweg

kennen lernt, fuhr die Mutti ihren Jüngsten auf dem
Gepäckträger ihres roten Damenfahrrads in die Schule.
Vom Bunker ging es runter zum Heck. Übers Brett, der
Fußgängerbrücke über den Graben, traute sich Mutti
nicht zu balancieren. Darum öffnete sie mühsam das
große Tor und befuhr mit dem Jüngsten auf dem Gepäckträger den Bumsweg. Sie bogen nach links ab, ihre
Füße streiften frisch gesprossenen Breitwegerich der
sich ungehindert auf den nicht befahrenen Streifen des
Weges ausbreiten konnte. Nach hundert Metern kamen
sie auf die Landstrasse, die von Tönning nach Kating
führte und fast nur von Pferdefuhrwerken oder landwirtschaftlichen Fahrzeugen befahren wurde.

»Jungchen, halt deine Füße hoch, damit sie nicht in die
Speichen kommen!«, ermahnte Mutti ihren Sprössling
mehrmals, »und halt dich an mir fest, damit du nicht
runter fällst!«
Die Räder unter der radelnden Mutti mit dem schwei-
genden Siegfried gaben knirschende Geräusche auf der
mit Kies und Sand gedeckten Fahrbahn von sich und
manchmal flog ein kleiner Stein, der vom Mantel eines
Rades an der Kante erwischt wurde, weit weg in den
Straßengraben. Eine brütende Ente wurde von ihrem
im Schilf versteckten Nest aufgeschreckt und suchte,
laut schimpfend, flatternd und schnatternd das Weite.
Nur selten wurden sie von einem Fahrzeug, mit einer
riesigen Staubwolke im Schlepptau, überholt. Hier im
hohen Norden von Deutschland gab es zu dieser Zeit
nur wenig Straßenverkehr. Nach gut einem Kilometer
kamen sie an eine Kreuzung. Rechts ging es zum Ka-

tinger Bahnhof, geradeaus nach Rüxbüll und links zur Katinger Dorfmitte mit Kirche und Schule.

Schräg gegenüber, Richtung Kating, stand ein weißes Haus mit einem uralten Reetdach, das mit Moosen und grünen Flechten überwuchert war. Für die Kinder war es das Hexenhaus von Kating und für den Hobby-Friseur Vincentini, seine heimatliche Hütte. Zu Herrn Vincentini wurden die Kinder geschickt, wenn ihre Kopfhaare eine Länge überschritten hatten, die den moralischen Vorstellungen dieser Zeit über Anstand und Würde nicht mehr entsprachen. Außerdem waren kurze Haare praktischer, denn die grassierenden Kopfläuse fühlten sich im Dickicht einer ungepflegten Kopfmähne wohler und konnten unter dem schützenden Haarfilz ungestört ihre Nissen, zwecks Vermehrung ihre Nachkommenschaft, deponieren.

Der Bewohner des weißen Hauses mit dem alten Reetdach verrichtete seine Arbeit mit einer handbetriebenen mechanischen Haarschneidemaschine. Die Schneidekanten dieses Gerätes waren nicht immer besonders scharf, so dass so manches Haar daran hängen blieb und ein schmerzhaftes Ziehen auf der Kopfhaut zu spüren war, weshalb die Kinder diese Prozedur beim Herrn Vincentini nicht besonders mochten. Schwarzarbeiter Vincentini hatte sein Gewerbe nicht offiziell angemeldet. Nachdem er seine Arbeit beendet und 50 Pfennige pro Haarschnitt kassiert hatte, begleitete er die Kundschaft bis zur Haustür, trat als Erster nach draußen, äugte in alle Himmelsrichtungen um sich zu vergewissern, dass kein Zeuge seiner steuerfreien Tätigkeit zu sehen war und schickte dann das frisch geschorene Kind an die frische Luft.

Mutti mit Siegfried auf dem Gepäckträger fuhr also nach links, sie hatten noch einen knappen Kilometer vor sich. Siegfried merkte sich diese Stelle, als zusätzliches Merkmal konnte man auch den Kirchturm der Katinger Kirche sehen. Als sie sich der Schule näherten, wurde man als erstes der mächtigen Ulme gewahr, welche wie ein Denkmal mitten auf dem Schulhof stand und unter der sich mehrere Schulanfänger versammelt hatten um auf die Dinge zu warten, die da kommen mögen. Die junge Frühlingssonne blinzelte zwischen Blüten und frischem Grün dieses majestätischen Baumes und die weit ausladenden Äste wiegten sich leicht in der aufkommenden Morgenbrise. Die Kinder begüterter Eltern hielten bunte Schultüten in ihren Armen, die weniger reichen mussten auf buntes Naschwerk verzichten. Sprössling Siegfried, ohne traditionelle Schultüte, wich nicht von der Seite seiner Mutter die noch wartete, bis es 8 Uhr war. Dann trat Frl. Preuß vor die Tür, klatschte dreimal in die Hände und rief:
»Alle Kinder in die Klasse!«

Fräulein Preuß teilte die Plätze zu, die Kleinsten auf die vorderen Bänke, die Größten hinten. Dann stellte sie sich, die Schüler der zweiten bis vierten Klasse und die neuen Schüler mit ihren Vornamen vor. Schwester Karin, die zu Ostern die Versetzung in die zweite Klasse geschafft hatte, sah mit Genugtuung und Freude, dass *jetzt auch ihr kleiner Bruder die Schulbank drücken musste. Die Lehrerin ging in den Nebenraum, der gleichzeitig ihre Wohnküche war und kam mit einem Stapel abgenutzter Bücher zurück. Die Bücher verteilte sie unter den Erstklässlern, indem sie verkündete: »Das sind eure Fibeln, damit werdet ihr lesen lernen, geht sorgsam damit um, damit die nächsten Kinder auch noch etwas davon haben!«*

Dann wurde ein Frühlingslied gesungen, Fräulein Preuß stimmte an und die Erstklässler erlebten, wie die Zweit- bis Viertklässler das Lied »Nun will der Lenz uns grüssen« sangen. Bei diesem Erlebnis bekam der Blondschopf Siegfried solch wunderbar euphorisch liebliche Gefühle, die ihn überraschten, die er nicht zu benennen oder gar zu beschreiben vermochte und sich in seinem Kopf, Herz und Bauch einnisteten und dort ein Leben lang erhalten blieben. Bei der zweiten Strophe wollten schon einige Erstklässler die Melodie mitsummen. Dann erzählte Frl. Preuß etwas vom Frühling, auch was alles so in dem Klassenraum vorhanden war, von der Wandtafel über die Kreide bis zur Landkarte. Ganz besonders wies sie auf einen handlich kurzen Rohrstock hin, der immer griffbereit auf dem Lehrerpult lag. Damit, so drohte sie, werden Kinder bestraft, die ganz böse sind und nicht folgen wollen. Als erste Hausaufgabe bekamen die Kinder den Auftrag, bis morgen ein Osternest zu malen.

Am zweiten Schultag sollte Siegfried selbst den 2,5 km langen Weg zu Fuß zur Schule gehen, doch er hatte

Glück, seine Mutti hatte verschlafen und musste den kleinen Schulanfänger schleunigst noch einmal mit dem Fahrrad zur Schule fahren. Sich und den Sohn schnell und gleichzeitig angezogen und das Rad aus dem Schuppen geholt. Natürlich war nicht genug Luft im Hinterreifen. Also Luft aufpumpen, den Kleinen hinten drauf und losgestrampelt. Durch die Flakstellung, den Hügel runter, die Kuhfladen umkurvt, das Heck auf und offen gelassen. Mit der Last von 43 Jahren, der Hoffnung es noch zu schaffen trat sie mächtig in die Pedale und stemmte sich gegen den Nordwestwind, der durch ihre ungekämmten Haare wirbelte. In der Eile hatte sie vergessen ihre Schlorren, die sie tagsüber in Haus und Garten trug, gegen ihre Gummistiefel zu tauschen und musste aufpassen, dass ihr diese Holzpantinen während des hastigen Gestrampels nicht von den Füßen fielen.

»Jungje, halt dich fest, halt die Füße auseinander, komm mir nicht in die Speichen!«, wiederholte sie mehrfach keuchend.

Schweißnass und japsend nach Luft ringend, an der Schule angekommen, hatte der Unterricht bereits begonnen. Die gute Mutti lud ihren Sprössling ab und überließ ihn mit der Verantwortung und dem schlechten Gewissen seinem Schicksal. Mit schweren Beinen und klopfendem Herzen betrat er zögernd den Klassenraum und erlebte das zweite Ereignis das er nie vergessen würde. Alle Kinder grinsten ihn schadenfroh an, Rechtshänderin Frl. Preuß fasste mit Daumen und Zeigefinger sein linkes Ohr und während sie gebieterisch verkündete:

»Wer dreimal zu spät kommt, muss eine Stunde nachsitzen!«, führte sie ihn an seinen Platz.

Es ging lebhaft zu in dieser Schule, Frl. Preuß musste oft laut um Ruhe bitten. Sie erfreute sich leider nicht eines Respekts wie der Kollege Jacobsen in der Nachbarschule, der mit körperlicher Größe und Bassstimme auf seine Schüler einwirkte, um mit Einschüchterung und Angst eine beklemmend schweigende Disziplin in seiner Klasse herzustellen. Es war wieder einmal sehr laut in der Klasse und Frl. Preuß, die gerade neben Siegfried stand, rief in kreischendem Ton: »R U H E!«

Siegfried war nun der Ansicht, er müsste seiner Lehrerin helfen für Ruhe und Ordnung zu sorgen und ahmte sie nach indem er ebenfalls mit kindlicher Stimme rief: »Ruhe!«

Frl. Preuß fürchtete nun, dass ihre Autorität untergraben werde und quittierte Siegfrieds Ruf, indem sie ihm zu verstehen geben wollte, wer hier die exekutive Gewalt ausführt, mit einer schallenden Ohrfeige. Geübt streckte sie ihre Hand zu einem flachen, biologischen Züchtigungswerkzeug und holte weit aus. Bevor sie zuschlug reduzierte sie ihre mögliche Aufschlagskraft auf die Hälfte, weil sie aus Erfahrung wusste, dass ihre Hand anschließend nicht so sehr schmerzte, als wenn sie mit voller Wucht zuschlug. Dann ließ sie das Ende ihrer rechten Extremität auf die linke Wange des überraschten Zwischenrufers klatschen. Der Kopf unseres Erstklässlers wurde von der Wucht dieses Aufpralls nach rechts, fast bis auf die rechte Schulter geschleudert. Doch ein instinktiver Reflex spannte seine vom Spielen trainierten Nackenmuskeln an und ließen seinen Kopf wieder zurück federn. Man könnte sich fragen, was diese Pädagogin in diesem Moment empfand. War es lustvoller Sadismus oder befriedigende Genugtuung wegen ihrer körperlichen Überlegenheit gegenüber einem kleinen Kind; oder war sie davon überzeugt, dass nur auf diese Art und Weise aus Kindern glückliche und erfolgreiche Menschen gemacht werden können; oder empfand sie gar Mitleid mit dem sich seine schmerzende Wange haltenden kleinen Blondschopf? Sekunden später zeichneten sich auf der betroffenen Gesichtshälfte Siegfrieds, infolge erhöhter Blutzufuhr, alle fünf Finger unserer mit körperlichen Strafen geübten Klassenlehrerin.

Schwester Karin, die diesen Vorgang der körperlichen Züchtigung von ihrem Platz zwei Reihen nebenan, beobachtet hatte, fand das Vorgehen ihrer Klassenlehrerin Fräulein Preuß empörend und eine himmelschreiende Ungerechtigkeit. Damit hatte sie ihre erste negative Lebenserfahrung gemacht: Will man helfen, kriegt man noch eine geknallt! Das war nicht die erste Backpfeife in Siegfrieds jungem Leben, aber das dritte Erlebnis, welches unvergesslich in seiner Wange eingebrannt blieb.

Die zweite Hausaufgabe für die Erstklässler in dieser Katinger Volksschule bestand darin drei Reihen «M» auf ihre Schiefertafel zu schreiben.

In jedem Sommer veranstalteten die Schulen ein Schulfest. Darauf freuten sich Kinder, Lehrer und Eltern. Die

Kinder bekamen regelmäßig vor dieser Veranstaltung neue Sandalen von den Eltern, die auch nur eine Saison lang hielten. Die Vorbereitungen waren aufregend. Die Familie Karrer, welche in einem der »Wehrmachtshäuser« an der Katinger Landstraße wohnte, hatte einen üppigen Blumengarten und stellte sich als Blumenlieferant für dieses Fest zur Verfügung. Für jeden Jungen wurde eine Blumenlanze angefertigt. Das war ein Besenstiel der mit bunten Papierstreifen umwickelt war. Am Ende dieser Lanze wurde ein Blumenstrauß befestigt, der die militärische Bedeutung des Wortes »Lanze« drastisch milderte. Die Mädchen bekamen einen Blumenstrauß, der wesentlich größer sein musste als der auf der Lanze. Zu Beginn des Festes wurden Wettspiele abgehalten. Dabei ging es um Eierlaufen und Topfschlagen für die Mädchen, Sackhüpfen und Vogelschießen für die Buben.

Das Schulfest begann mit den Wettkämpfen, die auf den Grünflächen hinter dem Deich abgehalten wurden. Selbstverständlich wurde bei der Planung und Organisation darauf geachtet, dass nicht gerade zu dieser Zeit die Flut der Nordsee die Grünflachen unter Wasser setzen würde.

Die Buben der Klasse 1 bis 4 maßen ihre sportliche Ausdauer mit Sackhüpfen. Jeweils zwei hüpften nebeneinander los, die Zeit wurde mit der Stoppuhr gemessen. Beim Lauf um den ersten Platz hatte Siegfried einen Gegner, der wohl fast einen Kopf größer war und infolge längerer Beine größere Sprünge machte. Er hatte bald einen beachtlichen Vorsprung erhüpft, da passierte ihm etwa zehn Meter vor dem Ziel das Missgeschick, dass sich seine langen Beine mit seinem Jutesack verhedderten und er der Länge nach hinfiel. Siegfried sah seine Chance und zog bedächtig an seinem Gegner, der sich gerade aufrappeln wollte, vorbei. Noch zwei Meter, sein Gegner kam schon wieder näher von hinten, da setzte Siegfried alles auf eine Karte und begann seinen Hüpfrhythmus auf eine risikoreiche Frequenz zu erhöhen. Den letzten Meter fiel er rollend über die Ziellinie und hatte gewonnen, sein Gegner war einen Hüpfer zu spät. Als ersten Preis gab es einen Gummiball, als Fußball imitiert, dem schon am dritten Tag nach dem Fest die Puste ausging und wie eine leere Papiertüte in einer Ecke lag.

Die Mädchen der Klasse 1 bis 4 versuchten in möglichst kurzer Zeit, mit verbundenen Augen und einem Kochlöffel einen Topf, der wahllos umgedreht in einem abgesteckten Bereich stand, zu treffen. Die mit den wenigsten Schlagversuchen und der schnellsten Zeit hatte gewonnen.

Die Jungen der Klassen 5 bis 8 wetteiferten beim Vogelschießen um den ersten Platz. Am Ende einer aufrecht stehenden, langen Fahnenstange war aus Holz ein Vogel (zwei Flügel, Schwanz und Kopf locker am Rumpf befestigt) angebracht. Geschossen wurde mit einer Armbrust. Wer zuerst den Rumpf runterholte, war der König des Tages. Die Reihenfolge der Schützen wurde durch Los festgelegt. Jeder hatte einen Schuss, war der Vogel noch oben, wurde der Reihe nach weiter geschossen.

Nach mehreren Versuchen wurden neben Fehlschüssen der Schwanz, die Flügel und der Kopf der Holzkonstruktion runter geholt. Dann ging es um den Rumpf. Einer schoss und traf… aber der Rumpf wackelte nur ein bisschen und blieb etwas gelockert auf der Fahnenstange stecken. Nun war Eckhard an der Reihe. Er putzte noch einmal seine Brille, Lehrer Jacobsen spannte die Armbrust, Schütze Eckhard zielte und drückte ab. Der Pfeil der Armbrust zischte durch die Luft gen Himmel und traf den Rumpf voll in der Mitte…klack, der Rumpf fiel runter. Eckhard war König! Anerkennendes Klatschen war von den Zuschauern auf der Deichkrone zu vernehmen.

Die Mädchen der Klasse Jacobsen machten Eierlaufen. Dazu mussten ausgepustete Eier von glücklichen Landhühnern, die eine besonders dicke Schale hatten, auf einem Esslöffel über eine abgesteckte Strecke getragen werden. Das war besonders schwierig; weil die hohlen Eier leicht waren und oft durch Laufbewegung und Wind vom Löffel fielen. Die Schnellste hatte gewonnen und war Tageskönigin.

Nun gab es in Kating einen König und eine Königin. Nach den Spielen wurde ein Umzug abgehalten. Ganz vorne ging ein Musikant mit einer Ziehharmonika. Dahinter der König und die Königin, eskortiert von zwei Schülern, die einen Blumenbogen über das Königspaar hielten. Dann folgten die Preisträger der weiteren Preise. Alle hielten ihren Blütenschmuck in den Händen, die Mädchen ihre Sträuße und die Buben ihre Lanzen auf den Schultern. Der Quetschkasten spielte bekannte Wanderlieder und alle sangen mit.

Dann wurde fotografiert. Zuerst der König mit der Königin. Eckhard war fast einen Kopf kleiner als die blonde, hoch aufgeschossene nordfriesische Königin. Da der König auf der Fotografie seine entsprechende Würde ausstrahlen sollte wurde der Größenunterschied mittels eines passenden Steines, auf den sich der König stellte, ausgeglichen. Auf dem Bild waren die Beine des Königspaares zur Hälfte abgeschnitten, so dass beide dann etwa gleich groß aussahen.

Nach dem Fototermin ging es in den Festsaal, ein Hinterzimmer beim Kaufmann Albrecht neben der Kirche. Da war schon alles bereit gestellt. Sandkuchen, Erdbeertorte und roter Himbeersirup, für die Kinder der Höhepunkt des Festes. Es wurde sogar getanzt. Nach den Klängen des Liedes in hochdeutsch übersetzt: »Geh von mir, geh von mir, ich kann dich nicht leiden (dann ging man abwinkend auseinander). Komm zu mir, komm zu mir ich bin so allein (dann kam man wieder zusammen). Fiederallalala, fiederallalala, fiederalla, fiederalla, fiederallalala!«

Dann Kuchen essen. Viele Kinder erblickten zum ersten Mal in ihrem jungen Leben eine Erdbeertorte. Siegfried machte eine weitere wichtige Lebenserfahrung. Er dachte sich, erst ein Stück vom Sandkuchen und dann die Erdbeertorte als »Nachspeise« essen. Aber nach dem Sandkuchen war er schon satt und schaffte die Erdbeertorte nicht mehr. Er schwor sich seitdem in Zukunft bei ähnlichen Angelegenheiten, zuerst immer nur das Beste zu essen!

Jedes Fest geht einmal zu Ende. Am späten Nachmittag wurden alle Festgäste, die Kinder noch aufgewühlt, die Eltern, die einen belustigt, die anderen genervt, nach Hause entlassen.

Vor den Sommerferien machten die Schulklassen einen Ausflug an den Badestrand von Sankt Peter Ording. Es wurde eifrig in Rucksäcken eingepackt, was man so am Strand benötigte. Belegte Brote mit Scheiben von gekochten Eiern oder nur mit Margarine. Feldflaschen mit kaltem, erfrischendem und durstlöschendem Pfefferminztee. Sandspielsachen wie Eimer, Schaufel, Harke und Sieb. Badehosen, Bademützen und Handtücher. Treffpunkt war der mit blühenden Apfelrosen besäumte Bahnhof Kating, eine Haltestelle mit einem kleinen Bahnhofsgebäude an der eingleisigen Strecke zwischen Tönning und Sankt Peter. Der Proviant wurde von den Kindern gegenseitig begutachtet und es wurden Tauschangebote gemacht. Schwarzbrot gegen Weißbrot, Margarinebrot gegen Zuckerbrot, Äpfel gegen Birnen.

Von weitem sah man die heranschnaufende Dampflok, im Schlepptau einige Waggons der zweiten bis vierten Klasse. Die Kinder enterten standesgemäß die vierte Klasse. Die Sitzbänke waren mit lackierten Holzlatten ausgestattet. Überall waren Verbots- und Gebotsschilder zu entdecken wie:

»Beim Einsteigen rechte Hand am rechten Griff«
»Nicht in den Wagen spucken«
»Hinauslehnen während der Fahrt verboten«
»Rauchen verboten«
»Notbremse nur bei Gefahr ziehen«
»Hinauswerfen von Gegenständen verboten«
»Benutzung des Aborts nur während der Fahrt er-
laubt«
»Spülen und Abortdeckel schließen«
»Blumenpflücken während der Fahrt verboten«

So mancher Fahrgast fragte sich, wie das gehen sollte,
»Blumenpflücken während der Fahrt«. Der Sauerampfer
von Ringelnatz, der niemals einen Dampfer sah, konnte
es nicht sein, der stand zwischen den Bahngeleisen.
Vielleicht linke Hand am linken Griff (für Rechtshän-
der), den Oberkörper weit nach außen gebeugt und mit
der rechten Hand versuchen eine sich vom Fahrtwind
gebeugte Mohnblume zu erwischen? Wem es gelingen
sollte, mit einer solch akrobatischen Leistung ein Blüm-
chen zu erhaschen, dem sei anerkennendes Lob sicher.
Dabei ignorierte man gleich drei Verbote, nämlich:
  1. die rechte Hand nicht am rechten Griff
  2. Hinauslehnen während der Fahrt
  3. Blumenpflücken während der Fahrt

Die Gefährlichkeit einer solchen Übung sei nur kurz
erwähnt. Man konnte sich an den vorbeihuschenden Telegrafenmasten oder sonstigen dicht am Schienenstrang
stehenden Einrichtungen mächtig seinen Kopf stoßen.

Der Zug hielt in Katharinenheerd, Garding, Tating, Sankt Peter Dorf und Sankt Peter Ording, das war die Endstation und die Klasse musste den Zug verlassen. Auf dem Bahnhof zählten die Lehrer ihre Kinder und nickten zufrieden, wenn sie auf ihre Sollzahlen kamen. Dann ging es zu Fuß weiter Richtung Strand und Arche Noah. Der Weg ging zwischen Wanderdünen, die jedes Jahr ein neues Gesicht zeigten und an kleinen Ansammlungen von Krüppelkiefern vorbei. Kurze Triebe von Pionierpflanzen, die mit ihren Spitzen aus dem weißen Sand ragten, pieksten unter den Füßen der barfuß Gehenden. Die Fußsohlen der meisten Kinder waren aber durch Kontakte auf den Stoppelfeldern und dem Laufen auf den kiesigen Landstraßen abgehärtet.

Jetzt wurden schon die ersten belegten Brote ausgepackt, die frische Luft machte hungrig. Teils neugierig, teils neidisch äugten sich die Kinder gegenseitig zwischen die Klappstullen, um zu entdecken, dass der andere doch was Besseres oder etwas nicht Gekanntes hatte. Es wurden erneut Tauschangebote gemacht und man ließ es sich schmecken.

Bald tauchte am schier endlosen Strand von Sankt Peter Ording die »Arche Noah« auf. Ein auf Stelzen stehendes Gebäude, das auch bei den höchsten Fluten noch hoch aus dem Wasser ragte. Dahinter senkte sich der Strand fast unmerklich bis ans Ufer der Nordsee, die ihn, mit ihren unermüdlichen Gezeiten, mal überflutete, mal freilegte. Wenn die Flut einsetzte, stieg das salzige Nordseewasser langsam aber stetig an und wurde, mit der von der Sonne aufgeheizten Sandschicht, angenehm aufgewärmt. Fast alle Kinder gingen schon barfuß, der Rest zog sogleich Schuhe und Strümpfe aus und alle flitzten spritzend durch das erfrischende Nass. Die, welche Badehosen anhatten, trauten sich schon weiter hinein. Um richtig baden zu können, musste man schon einige hundert Meter Richtung Meer gehen, wenn man wenigstens bis zu den Hüften ins Wasser tauchen wollte.

Es war ein unvergessener Tag an der Nordsee. Abends fielen die Kinder todmüde in ihre Betten und Lehrer und Eltern waren froh, dass alles so reibungslos abgelaufen war.

Am nächsten Tag fingen die Sommerferien an. Es waren die Ferien, die man zu Hause und in der Umgebung verbrachte. Es gab viele Möglichkeiten auf diesem riesigen Spielplatz zwischen dem Deich an der Eidermündung und dem Bunker an der Flakstellung. Wenn das Wetter es zuließ, ging man hinter den Deich zum Baden. Oder man baute eine Schilfhütte. Schilfhalme, die in großen Mengen in den Gräben standen, wurden gesammelt und zu handlichen Bündeln zusammengebunden. Diese Bündel wurden dann nebeneinander verbunden und bildeten eine Wand. Das Dach wurde im gleichen Verfahren hergestellt. Meistens wurde die Hütte nie fertig, man brauchte doch zu viele Schilfhalme und es dauerte für Kinder zu lange bis so ein Bauwerk fertig war. Außerdem schnitt man sich beim Herausbrechen der Halme an den scharfen Rändern oft in die Hand, was schmerzhafte Wunden hinterließ.

Ein ausgezeichneter Spielplatz war die Scheune beim Bauer Hansen.

Nachdem man an den eingebauten Leitersprossen in die Höhe geklettert war, konnte man vom obersten Balken hinunter in eine dicke Heuschicht springen. Der erste Sprung gehörte zu einer Mutprobe und man brauchte schon eine gehörige Portion Überwindung um das zu schaffen. Wenn einer damit anfing, wollte man ja auch nicht als feige gelten und machte es dann einfach nach. Dabei empfand man ein wunderliches Kitzeln im Bereich des Bauches. Die nächsten Sprünge wurden nicht zuletzt in Erwartung dieses Bauchkitzelns gemacht und es wurde den anderen eifrig mitgeteilt, wie man dieses Gefühl empfand.

Bauer Hansen hatte zwar einen Hühnerstall, aber die Hühner waren eigensinnig und legten ihre Eier oft in die mit Heu und Stroh gefüllten Scheunen. Bei diesen Spielen entdeckten sie oft Nester, die sich die Haushühner angelegt hatten, in welchen sich einige Eier befanden. Manchmal konnten sie am Geruch der Eier erkennen, dass sie nicht mehr so ganz frisch waren. Sodann wurden sie als Wurfgeschosse missbraucht; Zielscheibe war meistens der nächste Balken. Oder man versuchte sich gegenseitig mit den Eiern zu treffen. Wenn die Eier frisch waren, so gab es zwei Möglichkeiten:

1. *Die Eier der Bäuerin bringen, wobei meistens eine Belohnung in Form einer Schwarzbrotscheibe mit echter Butter, zu erwarten war.*
2. *Die Eier der Mutter nach Hause bringen, wobei eine Belohnung in Form eines Lobs zu erwarten*

war. Zudem gab es dann zum Abendbrot etwas mit Eiern oder Mutti verwendete sie zum Kuchen backen.

Einmal wurde noch eine dritte Möglichkeit ausprobiert. Die Kinder hatten beobachtet, dass der Papa auf beiden Enden des Hühnerprodukts ein Loch bohrte, sich Salz auf die Zunge legte und das Ei genüsslich ausschlürfte. Das wollten sie auch ausprobieren, aber es fehlte das Salz. Aber auf Salz könnte man doch verzichten, ist ja nicht so wichtig. Also, Löcher geritzt, angesetzt und den angeborenen Saugreflex in Gang gesetzt. Pfui war das eklig! Es schmeckte so wie die Haut auf der Milchsuppe, alles an einem Stück. Es wurde sogleich alles ausgespuckt, den Brechreiz konnte man gerade noch so unterbinden.

Gekaufte Spielsachen gab es keine, es fehlte am Geld. Das hatte auch sein Gutes, denn somit wurden Kreativität und Entdeckerdrang der Kinder gefordert. Siegfried überlegte sich, wie man so einen feinen Sand wie am Strand von Sankt Peter herstellen könnte. Muttis Sieb aus der Küche bekam er nicht, aber könnte man sich nicht selbst so was bauen? Er fand eine rostige Konservendose. Im Stall suchte und fand er bei Papas Werkzeugen einen stabilen Nagel. Werkzeug vom Papa zu benutzen, traute er sich nicht. Also suchte er einen faustgroßen Stein. Mit dem Stein und dem Nagel schlug er Löcher in den Boden der Konservendose. Als er meinte, genügend Löcher gehämmert zu haben, füllte er die Dose mit grobem Kies und schüttelte die Dose heftig hin und her. Das Ergebnis war ein durchschlagender Erfolg. Aus dem Boden der Dose rieselte gleichmäßig feiner Sand, der auf dem Erdboden einen immer größer werdenden Haufen bildete.

Ingrid beobachtete diese Szene und hatte auch gleich eine rührende Idee. Sie hatte beobachtet, wie die Mutti Sandkuchen herstellt und auch, dass da Eier reinkommen. Sie überzeugte Siegfried, ihr den Sandhaufen zu überlassen, um damit einen Sandkuchen herzustellen. Da Siegfried Sandkuchen gern mochte, willigte er ein. Sie schlug drei Eier, die sie auf Hansens Hof gefunden und unterschlagen hatte, in den frischen Sandhaufen und rührte kräftig darin herum. Nun fehlten aber Kuchenform und Backofen, aber das konnte sie beim besten Willen nicht auch noch selbst bauen und so überließ sie den Sandkuchenteig zum Backen der wärmenden Sonne und wandte sich anderen Spielen zu.

Herbst und Winter gingen wie immer, rau und stürmisch vorüber. Das Jahr 1952 begann und die Menschen hofften auf bessere Zeiten. Der erwartete und herbeigesehnte Frühling kam und der Papa hatte Aussicht auf Arbeit als Schlosser in einem Kalksteinwerk in Nordrheinwestfalen. Aber noch hatten die Alliierten in Deutschland ihre Aufgaben nicht erfüllt. Dazu gehörte auch die Vernichtung aller Anlagen die für den zweiten Weltkrieg in Deutschland aufgebaut waren. Die Flakstellungen in Kating gehörten auch dazu und die Stadt Tönning hatte den Auftrag, diese betonierten Einrichtungen zu vernichten, das heißt zu sprengen.

An einem windstillen, milden Frühlingsmorgen war es dann soweit. Alle Flakstellungen in Kating, drei an der Zahl, sollten an diesem Tage gesprengt werden. Alle Bewohner aus diesen Bunkern, welche bei den Flakstellungen standen, wurden evakuiert. Das sah so aus: Die Familien nahmen einige ihrer Tiere, Hunde, Katzen oder Hühner und begaben sich auf den nächsten, weit genug entfernten Hügel, suchten sich auf dem Gras eine saubere, von Kuhfladen verschonte Stelle und harrten der Dinge die da kommen sollten.

Ein Sprengkommando traf alle Vorbereitungen, legte Sprengladungen an und vergewisserte sich, dass sich alle Bewohner aus ihren Bunkern entfernt hatten. Diese saßen, hockten oder standen in respektvollem Abstand vor dem Ort des Geschehens und waren gespannt auf das, was sie wohl in den nächsten Minuten erleben durften. Nach einem langen Ton aus dem Signalhorn mit anschließenden zwei kurzen Tönen flogen mit Riesengetöse in kurzen Abständen alle drei Flakstellungen in die Luft. Unsere Familie sah zunächst nur wie sich in einer mächtigen Staubwolke ihre Flakstellung in Bruchteilen in die Luft erhob. Den dumpfen Knall hörten sie erst Sekunden später. Eine eindrucksvolle Demonstration über Geschwindigkeit und Verbreitung der Schallwellen. Das dumpfe Grollen vibrierte noch in den Ohren der Zuschauer als sich eine schreckliche Erkenntnis in Ingrids Bewusstsein dazugesellte: »Mein Gott, mein Bernstein, ich habe vergessen ihn aus dem Versteck zu nehmen!« Verzweifelt hoffte sie, dass sie ihn später unter den Betontrümmern der Flakstellung finden würde, er war doch so leuchtend gelb. Eine Flut von Tränen rann über ihr Gesicht und sie hielt ihre Hände davor damit keiner sah, was sie bewegte. »Was hast du?«, fragte ihre Mutti. »Ach nichts, es war nur der schreckliche Knall«, drückte sie leise schluchzend hervor. Ob er wohl weit weg geflogen war? War er geschmolzen und nie mehr auffindbar? Oder zu Staub geworden und in alle Winde verweht?

Nach dem Entwarnungston gingen die Familien zögernd und mit gemischten Gefühlen wieder in Richtung ihrer Behausungen. Am Ort des Geschehens angekommen, sah man einen Trümmerhaufen, auf dem sich langsam eine riesige Staubwolke niederließ. Da wo einst die Flakstellung stand, lagen jetzt chaotisch dicke Betonbrocken und Teile von Wänden herum.

Man hatte vergessen die Hühnerklappe am Stall zu schließen und das gesamte Federvieh lief aufgeregt, scharrend, gackernd und schnatternd auf der Suche nach etwas Fressbarem zwischen den Trümmern herum. Hündin Nixe gesellte sich dazu um die neue Lage mit ihrer Nase zu erschnüffeln und sich ein Bild von der geänderten Situation zu machen. Kater Peter traute dem Frieden noch nicht so ganz. Er besah sich die Sache, einen Buckel machend, in respektvollem Abstand und wartete geduldig ab, was da noch alles auf ihn zukommen möge. Ingrid suchte mit Ihren Blicken angestrengt jeden Quadratzentimeter dieses chaotischen Durcheinanders ab, drehte hier und dort einen Brocken um. Manchmal meinte sie etwas Gelbes zu entdecken, aber immer waren es nur optische Täuschungen. Später suchte sie auch noch die Umgebung der Flakstellung ab. Schließlich gab sie es auf, sie würde wohl das Geschenk ihrer Oma nie wieder sehen!

Um die Versorgung der Familie mit tierischem Eiweiß zu sichern, wurde hinter dem Stall noch ein Kaninchenverschlag angebaut. Das Futter für diese Tiere war in Hülle und Fülle auf den umliegenden Fennen zu finden. Am liebsten fraßen diese Tiere den frisch geschnittenen Klee. Eckhard hatte die Aufgabe, Futter für diese Tiere zu besorgen. Aber sein Interesse war mehr auf das Angeln fixiert und so vergaß er das Futter für die Tiere, was ihm abends, als der Vater nach Hause kam, eine Tracht Prügel bescherte. Um ihm einen Denkzettel zu verpassen benutzte er zu dieser körperlichen Züchtigung einen Knüppel, etwa in Besenstielstärke. Allein der Anblick dieses Stockes in der ausholenden Hand des Vaters hatte eine traumatisierende Wirkung auf den Buben. Die anschließenden Schläge spürte er kaum noch. Nachdem er sich ausgeheult hatte, versuchte seine Zwillingsschwester ihn zu trösten.

»Was haste denn verbrochen?«, wollte sie wissen.

»Ich ha… ha… ha… hab verge… ge… gessen Ka… Ka… Karnickelfutter zu ho… ho… holen.«

»Wie sprichst du denn auf einmal, du stotterst ja?«.

Eckhard war selbst erstaunt, dass er die Worte nicht mehr flüssig herausbrachte. Nach diesem Ereignis hatte er diese Sprachstörung und wurde auch noch von Geschwistern und Schulkameraden dafür ausgelacht.

Der Geruch der Tiere und die Abfälle auf dem Misthaufen wirkten einladend auf die Ratten, die ihr Dasein fast ungestört tummelnd in und an den Wassergräben in der Umgebung fristeten. Manches dieser langschwänzigen, von Menschen verhassten Tiere zog es vor, sich eine Behausung unter dem Bretterboden des Multifunktionsstalls einzurichten um dort zu überwintern und seine Jungen großzuziehen. Hündin Nixe witterte diese Rattenfamilie sofort und machte durch eindringliches Winseln, heftiges Stummelschwanz wedeln (den Rest seiner Rute hatte man kupiert) und wütendes Schnüffeln an der Stelle des Bretterbodens, unter dem sich diese Tiere ihr Nest eingerichtet hatten, auf ihre Entdeckung aufmerksam. In Eckhard erwachte der Jagdtrieb und er überlegte, wie er mit Hilfe von Nixe, diese ungeliebten Tiere beseitigen könnte. Er kramte in Papas Werkzeugkisten und fand einen »Kuhfuß«, ein langes, an den Enden abgeflachtes Eisen, und begann die Fußbodenbretter der Reihe nach von der Unterkonstruktion abzuhebeln. Die Bretter waren nur mit Nägeln befestigt und man konnte sie anschließend wieder festnageln. Nixe stand, aufgeregt und sprungbereit daneben, sämtliche Muskeln waren angespannt, ihre Haare begannen sich aufrecht zu stellen, ihre Stummelrute war steil aufwärts gerichtet und schien sogar etwas länger zu werden. Eckhards Geschwister bildeten einen Halbkreis hinter ihm und waren nicht weniger aufgeregt. Seine Arbeit näherte sich dem Rattennest, Nixe trappelte nervös mit seinen Beinen, sein Atem ging hechelnd, zwischen seinen gefletschten Zähnen floss heißer Speichel und tropfte auf den Boden, ein grimmiges Knurren war zu vernehmen. Seine aufgerissenen Augen erfassten blitzschnell den nächsten freigelegten Schlitz unter dem nächsten Brett.

Wie ein geölter Blitz schoss sie hervor, die Rattenmutter, die ihre Jungen verteidigen wollte und so lange als möglich bei ihnen blieb. Die Kinder sahen die Ratte erst, als Nixe, die noch schneller reagierte als das Nagetier, mit einem gewaltigen Satz und aufgerissener Schnauze auf das Tier, dass noch keine zwei Meter gelaufen war, sprang und mit einem instinktiv gezielten Biss ins Genick das Rückrat der Rättin zertrümmerte. Dann hielt die Hündin das zuckende Tier mit ihren Zähnen fest umklammert in seiner Schnauze und lief damit zu ihrer Bezugsperson Nummer eins, dem Familienvater, um ihm stolz ihre Beute zu präsentieren. Eckhard hob noch ein weiteres Brett an und zum Vorschein kam das Rattennest mit einer Handvoll quirliger, blinder Jungen. Er nahm die zu Halbwaisen gewordenen nackten Jungtiere, ging zum nahe gelegenen Wassergraben und warf sie dort hinein.

An den Rändern der Wassergräben wucherte mannshoch das Gras und wirkte auf Siegfried einladend darin rum zu kriechen und sich zu verstecken. Als er sich wieder einmal am Ende des Bumsweges, da wo es zur Katinger Landstraße rechts ab zur Schule ging, robbend durch das grüne Dickicht von Schafgarbe, Spitzwegerich, Sauerampfer und zahlreichen Kräutern arbeitete, tauchte plötzlich vor seiner Nase ein großes Nest mit zahlreichen Eiern, das mit etwas welkem Gras getarnt war, auf. Es war das Nest einer Stockente, gefüllt mit blasgrü-

nen Eiern, die etwas größer als Hühnereier waren. Der Entdecker zählte: 17 normalgroße und ein kleineres. Er wusste, Enteneier von Wildenten waren zum Verzehr nicht geeignet, aber zum Kuchen backen waren sie bei Mutti zu Hause hoch willkommen. Siegfried trug eine praktische Knickerbockerhose, wadenlang, unten zugebunden und geeignet für den Transport von Waren in kleinen Größen und geringen Mengen. Er schaute zuerst vorsichtig nach draußen, indem er seinen flachsblonden Kopf über den Rand der Grashalme streckte. Nachdem er festgestellt hatte, dass die Luft »rein« war, es war verboten Entennester auszurauben, begann er vorsichtig die Eier gleichmäßig in die beiden Beine seiner Knickerbocker zu verstauen. Dann ging er breitbeinig und sehr vorsichtig zum heimatlichen Bunker um von seiner Mutti ein dickes Lob für seinen glücklichen Fund zu ernten. Auf halber Strecke kam ihm der gleichaltrige Günther, ein Sohn der Familie welche den Mittelreihenbunker bewohnte, entgegen. Der erkannte die Situation sofort und meckerte anklagend:

»Du hast Enteneier geklaut, das sag ich meiner Mutter und die zeigt dich an!«

Der Nesträuber fühlte sich ertappt, aber es kam ihm sogleich eine korrupte Idee. Während er das kleinste Ei aus seinem Knickerbocker hervortastete flüsterte er geheimnisvoll:

»Wenn du nichts verrätst, schenke ich dir eins!« Dann überreichte er ihm das Bestechungsgut in Form eines Eies aus dem gewilderten Raubgut. Da Günther die anderen Eier nicht sah, konnte er nicht beurteilen, dass er das Kleinste von allen bekommen hatte. Zustimmend nickend gingen beide zu ihren heimatlichen Behausungen um ihren Müttern die Beute zu präsentieren.

Am nächsten Tag, Siegfried und Karin spielten, nichts Schlechtes ahnend, zwischen Gräsern, Kühen, Pusteblumen und Kuhfladen. Die Haustiere Nixe und Kater Peter leisteten ihnen Gesellschaft und waren eifrig damit beschäftigt in Mauselöchern und unter Grasbüscheln schnüffelnd und scharrend etwas Neues zu entdecken.

Da tauchte plötzlich Günter mit Zwillingsbruder Peter auf und beschimpfte Siegfried auf das Übelste:
»Du hast mir das kleinste Ei angedreht, meine Mutter hat gesagt, die Enten legen sonst größere Eier!«
»Ha ha, dann such dir doch selber ein Nest, ich verrate dich auch nicht!«, erwiderte Siegfried.
»Hol mir jetzt ein großes Ei oder es gibt Haue!«, drohte Günter.
Um seiner Aufforderung Nachdruck zu verleihen bemühte er sich mit gerunzelter Stirn und stierem Blick ein Furcht einflößendes Gesicht zu machen. Sein Bruder Peter stand einen halben Schritt hinter ihm und nickte eifrig zustimmend. Karin hatte als erste die Situation im Griff und machte Siegfried einen Vorschlag indem sie ihm zuflüsterte:

»Komm wir ziehen unsere Schuhe aus und verhauen die beiden!«

Ohne die Zustimmung Siegfrieds abzuwarten, zog sie ihren linken Schuh aus und rannte mit ausholender

Bewegung, den Schuh in ihrer rechten Hand, auf die beiden Aggressoren los. Siegfried machte es ihr nach und mit seiner rechten Fußbekleidung über seinem Kopf schwingend humpelte er hinter Karin her. Die Überraschung für die Nachbarzwillinge war zu groß. Erschreckt drehten sie sich um und machten schleunigst, dass sie in die Obhut ihrer Mutter, der Bewohnerin des Mittelreihenbunkers, kamen.

Der Sommer 1952 war kurz, aber intensiv und heiß. Die Kamille stand leuchtend duftend an den Rändern und teilweise zwischen den Ähren der Kornfelder. Ingrid hatte gehört, dass die Apotheke in Tönning die Blüten von Kamille, die man selbst sammeln konnte, ankaufte. Also trommelte sie ihre Geschwister zusammen um mit einem großen Beutel bewaffnet, auf die Felder auszuschweifen und Kamillenblüten zu sammeln. Jeder machte mit. Man nahm eine Blüte zwischen Zeige- und Mittelfinger, riss sie ab und warf sie in   den Beutel, der nicht voll werden wollte. Nach langer Zeit zeigte sich der Fleiß der Kinder an dem prall gefüllten Stoffsack, der nun vermarktet werden konnte. Ingrid schwang sich auf Muttis Rad und strampelte nach Tönning zur Eiderapotheke. Die Verkäuferin war skeptisch und rief die Chefin des Ladens. Die nahm den Beutel mit dem Erntegut und entleerte die Hälfte der Kamillenblüten auf die Ladentheke. Dann nickte sie zustimmend und bot DM 1,50 für die Ware. Ingrid war nicht auf den Kopf gefallen und verlangte DM 2,50. Die Apothekerin roch noch einmal an der Ware und nach zähen Verhandlungen war sie schließlich bereit DM 2,-- für das Resultat der

stundenlangen Arbeit zu bezahlen. Ingrid war zufrieden, fuhr nach Hause und verteilte das Geld unter ihren
Geschwistern, wobei sie für jeden den Anteil des Geldes
mit der Beteiligung am Pflücken relativierte.

Eine weitere Möglichkeit an Geld zu kommen, war
Altmetall sammeln. Ein Altwarenhändler kam alle
zwei Wochen mit einem verrosteten Lastwagen, der fast
schon selbst schrottreif war, über die Katinger Landstraße gefahren und machte mit einer eindrucksvollen
Schiffsglocke auf sich aufmerksam. Dann rannten alle
Kinder, mit kaputten Teilen von Kohleherden, Fahr-
rädern, Rollen aus Kupferdraht und allen möglichen
Eisenteilen zu diesem Schrotthändler um sich ein paar
Pfennige zu verdienen. Siegfried, der das Verhältnis von
Ware und Geld noch nicht so ganz beherrschte, rannte
mit einer rostigen Konservendose in Richtung Schrotthändler, in der Hoffnung für dieses Altblech etwas Geld
zu bekommen. Sein Weg ging über einen Steg der in
Form eines glitschigen Brettes über einem Graben lag.
Auf dem Brett angekommen hatte er die Rutschfestigkeit
dieser Konstruktion unterschätzt. Er glitt aus und da er
nirgendwo etwas zum festhalten fand, ließ ihn seine Geschwindigkeit in den Graben plumpsen. Er fiel der Länge
nach hinein und obwohl der Graben nicht sehr tief war,
verschwand er für den Bruchteil einer Sekunde ganz
unter Wasser. Das Wasser war modrig und abgestanden.
Als er wieder auftauchte, hatte sein Gesicht die Farbe
eines Mohren angenommen, die Konservendose, seine
Hoffnung auf Geld, hielt er aber fest in seiner Hand.
Helmut, der das Geschehen beobachtet hatte, hielt sich

den Bauch vor Lachen. Siegfrieds Enttäuschung wurde dann noch gesteigert, als er feststellen musste, dass man für eine Konservendose kein Geld bekommen konnte.

Im Spätsommer war Erntezeit für das Getreide. Die Bauern spannten ihre Pferde vor die Mähmaschinen, die teilweise schon automatisch die Ähren zu Bündeln gefasst auf die Seite des gemähten Feldes warfen, und ratterten los. Bauer und Knechte liefen hinterher und stellten die Garben zwecks Abreifen zu Diemen zusammen.

Bei günstigem Wetter wurden dann die Garben auf Leiterwagen hoch aufgeschichtet und in die Scheunen gefahren. Helmut, der schon als Kind in Ostpreußen gerne mit Pferden zu tun hatte, durfte beim Bauer Hansen die Pferde der Erntewagen lenken. Siegfried bekam die Aufgabe, auf das Heck aufzupassen. Seine Arbeit bestand darin, wenn das Fuhrwerk kam, das Riesentor zu öffnen und, wenn das Gespann durch war, wieder schnell zu schließen, damit das Vieh auf den Fennen nicht ungehindert durch das offene Heck laufen konnte. Als Lohn für seine verantwortungsvolle Pförtnertätigkeit bekam er für einen Tag fünfzig Pfennige.

Nach einer weiteren Lagerzeit wurde das Korn gedroschen. Ein Traktor mit einem Schwungrad an der Seite, der mit einem langen und breiten Lederriemen eine riesige Dreschmaschine, auch Dreschkasten genannt, antrieb, tuckerte auf dem landwirtschaftlichen Hof von morgens bis abends, Punkt zwölf Uhr unterbrochen durch eine einstündige Mittagspause.

Siegfried, der sich oft auf dem Bauernhof aufhielt, hatte dem Treiben interessiert zugeschaut und war auch hungrig. Er wollte als Letzter durch die zweiflüglige Tür in das Bauernhaus gehen. Der Bauer ging vor ihm, drehte sich um und sagte: »Du bist dick genug!« und schlug ihm die Tür vor der Nase zu. Trotzig ging Siegfried zu den Milchkannen, in denen Kälberfutter, eingedickte Milch, Glumse genannt, war. Er fischte die Fliegen, welche oben auf der Molke schwammen heraus, steckte seinen Kopf durch die Öffnung der Kanne, spitzte seinen Mund und schlürfte die wohltuende, kühle und erfrischende Flüssigkeit in sich hinein. Dann marschierte er in Richtung Hühnerstall, stopfte sich die Taschen voll frisch gelegter, noch warmer Eier und ging zufrieden nach Hause.

Die Bäuerin wartete in der Küche vor einer riesigen Bratpfanne, die auf einem Herd mit gewaltigen Ausmaßen stand und aus der es verführerisch duftete. In einem Pfund Margarine schwammen brutzelnd goldgelbe Kartoffelscheiben und warteten darauf von hungrigen Arbeitern vernichtet zu werden. Sie stellte die Pfanne auf die Mitte des Tisches und Bauer, Knechte und Mägde wurden mit je einer Gabel bewaffnet. Dann pickten sich die Erntehelfer schweigend aus der Pfanne heiße, knusprige Kartoffelstücke, pusteten kurz daran, genossen den unverfälschten, in norddeutscher Schwarzerde gewachsenen Kartoffelgeschmack und ließen sie in ihren hungrigen Mägen verschwinden. Nach dem Essen pflegte Bauer Konrad Hansen ein Mittagsschläfchen zu halten. Er verschwand in der ehelichen Schlafkammer, welche gleich neben der Kü-

che grenzte, ließ die Tür offen und rief seiner Frau: »Anna, komm!«

Dann kam der Sommer 1953. Einmal im Jahr war in Tönning Jahrmarkt. Dieses Ereignis fand auf dem Marktplatz vor der St. Laurentius Kirche statt. Die Kinder durften, ohne Begleitung der Eltern, zusammen hingehen. Sie freuten sich fast so sehr darauf wie auf das Weihnachtsfest. Jeder bekam eine Mark, in kleinen Münzen versteht sich. »Und 1,50 DM bringt ihr mir wieder zurück!« bemerkte der Vater scherzhaft. Für diese Mark konnte man sich einiges kaufen. Eine Kugel Eis kostete fünf Pfennige, einmal Karussell fahren zehn Pfennige. Es machte den Kindern auch nichts aus, den 6 Kilometer langen Fußmarsch nach Tönning und zurück zu marschieren. Schon von weitem hörte man den Festbetrieb, ein Gemisch von Musik, Stimmengewirr, Lautsprecherdurchsagen, Kinderkreischen und aufheulenden Sirenen. Auf dem Festplatz angekommen, wurde zunächst einmal alles begutachtet und sorgfältig hin und her überlegt, für welche Waren und Dienstleistungen man seine Mark investieren wollte. Am beliebtesten war die Fahrt mit dem Kettenkarussell. Das war viel aufregender als das »Baby-Karussell« mit den kleinen Autos, Pferden und Schlitten. Die Schiffsschaukel war für die Größeren, die Kleinen hatten noch nicht die Kraft, diesem hölzernen Ungetüm den nötigen Schwung zu geben. Außer Eiskrem gab es eine Menge Zuckerwerk. Liebesperlen in einem Glasröhrchen, gebrannte Mandeln, mit rotem Zuckerguss ummantelte Äpfel, Zuckerwatte und alle Arten von Bonbons. An der Losbude konnte man

Lose kaufen, jeder wollte das Los mit der »freien Auswahl« erwischen, aber meistens waren es nur Nieten. Vor dem Dunkelwerden mussten alle wieder zu Hause sein. Das Geld war ausgegeben, die Beine waren müde, der Rückmarsch war beschwerlich und alle waren froh, wieder zu Hause zu sein.

Eine Minderheit an nomadenartigen Menschen, südländisch, dunkel an Haut und Haaren fielen hier in der norddeutschen Landschaft mit den seßhaften Menschen, nordisch, hell an Haut und Haar, jedermann sofort auf. Dieses fahrende Volk war ständig auf der Suche nach Dingen die ihr Überleben sicherten, ihren Wohlstand aufbesserten und zwar mit Methoden die sich hart an der Grenze der Illegalität und den Gesetzen bewegten. Ihre Wohnwagen und protzigen Autos, meist amerikanischen Ursprungs, lagerten auf dem freien Gelände zwischen Tönning und dem Eiderdeich und bildeten mit ihren Familien sippenähnliche Ansammlungen.

Dunkle Ereignisse werfen ihre Schatten voraus. So ein dunkler Schatten, gefolgt von einem Mann mit dunkler Bekleidung, dunklen Haaren und dunklen Augen strich zögernd vom wettergegerbten eichenhölzernen Heck über die Fenne hinauf zum Reihenbunker, der von drei Familien bewohnt war. Seine dunkle Seele konnte man nicht sehen, nur vermuten. Trotz seiner jungen Jahre war er körperlich recht übergewichtig und der kurze Weg den Hügel hinauf zum Bunker ließ ein paar glänzende Tropfen auf seiner Stirn hervortreten. Sein weißes Hemd war an der Innenseite des Kragens mit einem dunklen

Schweißring verziert. Die obersten zwei Knöpfe waren geöffnet und ließen einige Glieder einer schweren Goldkette sichtbar werden, die er um seinen Hals trug. Auf dem linken Arm trug er eine Rolle dunkelbraunen Stoff, wertvolles Kammgarn wie er nachher wiederholt eifrig versicherte. Seine dunklen Augen erfassten blitzschnell die Umgebung mit dem Bunker und dem angebauten Stall. Sein Interesse galt besonders den wohlgenährten Hühnern, die friedlich im Hühnerhof scharrten und mit ihrem lautlosen Gegacker die ländliche Stille prägten.

Er stieg die acht Stufen zur Bunkereingangstür hinunter und klopfte an die grün gestrichene Schiebetür hinter der sich die feuchte Behausung unserer Familie befand. Mutti und Siegfried waren allein zu Hause. Der Papa hatte inzwischen Arbeit als Reparaturschlosser in einer Schlosserei bei einem Kalksteinwerk in Nordrheinwestfalen gefunden und kam nur im Vierwochenrhythmus nach Hause. Siegfrieds Geschwister waren auf den Fennen mit Spielen beschäftigt. Nachdem der Mann zum zweiten Mal heftiger geklopft hatte, wischte sich Mutti, während sie zur Tür ging, ihre Hände an der Kittelschürze ab und schob die Schiebetür vorsichtig zögernd einige Zentimeter beiseite. Sie äugte durch den Spalt und erschrak. Ein Mann mit feurig schwarzen Augen aus einem dunkelhäutigen, unrasierten Gesicht, umrahmt mit schwarzen, ungepflegten Haaren starrte sie an.

»Guten Tag schöne Frau!« säuselte er grinsend in gebrochenem Deutsch und versuchte seiner Stimme einen sympathischen Klang zu verleihen.

»Ja? Bitte?«

Mit seiner freien Hand erfasste er den Rand der Schiebetür und gab ihr einen kräftigen Ruck, so dass sie sich polternd öffnete. Die Tür beendete ihre quietschende Fahrt erst als sie auf den Hartgummipuffer am Ende der Fahrschiene stieß, dann sprang sie wieder ein Stück zurück. Der Schreck, welche der Mutti im Kopf hämmerte, fuhr ihr jetzt auch noch in die Glieder und ließ sie reflexartig einen Schritt zurück weichen.

»Ich habe gesehen, dass sie schöne Hühner haben, ich biete ihnen dafür hier dieses erstklassige Kammgarn an!« sagte der Eindringling.

»Ja, aber wir verkaufen keine Hühner, brauchen dringend die Eier.«

»Ach gnädige Frau« sagte er indem er sich umdrehte, die Treppe aus Backsteinen zwei Stufen auf einmal nehmend hochsprang und Richtung Hühnerhof ging. »Solch einen Stoff bekommen Sie nicht alle Tage, Sie können ihrem Mann einen Anzug daraus schneidern, kostet nur fünfzig Mark.«

Trotz der brenzligen Situation konnte sich Mutti nicht erwehren kurz über das Wort »Gnädige« nachzudenken. Sie hatte das schon mal beim sonntäglichen Gottesdienst in der Kirche gehört. Dort sprach der Pastor von Gnade und einem gnädigen Gott. Aber warum sollte ausgerechnet sie gnädig sein. Dazu sei sie wohl nicht in der richtigen Höhe der menschlichen Hierarchie angesiedelt. Während der Stoffhändler sich im Hühnerhof umblickte und Ausschau nach dem fettesten Huhn hielt, flüsterte sie Siegfried zu:

»Lauf mal rüber zu Noacks und frag, ob der Herr Noack mal schnell kommen kann.«

Siegfried flitzte los und hämmerte an die Tür des Mittelreihenbunkers hinter der sich die feuchte Wohnung der Familie Noack befand... doch niemand öffnete. Er klopfte noch einmal energischer und da sich niemand rührte lief er zurück. Da stand inzwischen der schwarze Mann wieder vor seiner Mutter. An seinem Mittelfinger der rechten Hand, den er unter die Flügelansätze eines Huhns geschoben hatte, hing hilflos und regungslos das Federvieh. Den Zeigefinger hatte er von vorn um den Hals des Tieres gelegt und drückte diesen zurück. Sein Daumen übte den erforderlichen Gegendruck aus, um dem armen Federvieh die Luft abzuschneiden, das Genick zu brechen und es langsam ersticken zu lassen. Ab und zu lockerte er diesen Würgegriff um festzustellen, ob das strangulierte Tier noch ein Lebenszeichen von sich gab.

»Ich lasse ihnen diesen Stoff zu einem Sonderpreis von fünfzig Mark und dem Huhn, Sie müssen ihn nehmen, weil ich kein Geld dabei habe und das Huhn nicht bezahlen kann!«

Da er nun wusste, dass kein Mann im Hause war, verlor sein Gesicht das eingefrorene Grinsen, er runzelte die Stirn und seine Kohlenaugen warfen zornige Blitze auf die eingeschüchterte Frau.

»Ja...gut... aber dann gehen Sie, ja?«

Der Zigeuner lachte hämisch indem er seine Mundwinkel herabzog und seine gelben Zähne entblößte, das durch eine Zahnlücke in der oberen Gebisshälfte unterbrochen war: »Gut, holen sie das Geld und ich verschwinde.«

Die gestresste Mutter ging ins Haus und kam mit dem letzten Geldschein, den sie aus einem Versteck hervorge-kramt hatte, zurück. Der Kammgarnhändler steckte das Geld in eine Tasche seiner speckigen schwarzen Hose, übergab ihr die Rolle Stoff, drehte sich um und ging leise heiser kichernd, das erdrosselte Huhn an der rech-ten Hand baumelnd, zurück zu seinem amerikanischen Straßenkreuzer, den er unten am Bumsweg abgestellt hatte.

Dann kam der Herbst 1953. Karin sagte eines Tages zu Siegfried: »Wir ziehen um.«

Der Papa hatte seine Probezeit bestanden und bekam von der RWK (Rheinisch Westfälische Kalkwerke) für seine Familie und sich eine Werkswohnung in Dornap bei Düsseldorf zugeteilt. Endlich eine Wohnung im Trockenen und regelmäßige Arbeit. Tochter Waltraut war ganz in der Nähe in Haagen mit ihrer Lehre be-schäftigt. Dann wurde der Umzug geplant. Jedes Stück der bescheidenen Möbel bekam einen selbstgefertigten Aufkleber mit der Aufschrift:

Flüchtlingsumzugsgut Kelka		
Von Bahnhof	*Kating*	
Nach Bahnhof	*Dornap*	

Es wurde gepackt, verschnürt und etikettiert. Was von den bescheidenen Habseligkeiten nicht mehr brauchbar oder nicht zum Transport geeignet war, wurde unter der Nachbarschaft verschenkt oder einfach stehen gelassen. Das Federvieh wurde geschlachtet und eingeweckt. Hunde durften nicht mitgenommen werden. So bekam Hündin Nixe ein neues Zuhause bei der befreundeten Familie Sindram aus Schubi an der Schlei. Alle waren traurig, weil sie Nixe nicht mitnehmen durften. Kater Peter blieb bei Bauer Hansen und durfte den Rest seines Lebens mit den anderen Tieren auf diesem Bauernhof teilen.

Vor der Abreise wurde noch ein Abschiedsessen vorbereitet. Ein großes Weck-Glas mit Gänsefleisch und ein Glas mit Rotkohl wurden geöffnet. Zusammen mit Salzkartoffeln machte Mutti ein schmackhaftes Essen. Es war fast wie zu Weihnachten. Ingrid bekam wie immer ihr Lieblingsstück, den Magen. Sie fischte sich dieses leckere Stück aus der Schüssel, ihre Geschwister rümpften ihre Nasen. Als sie ihr Leibgericht auf ihren Teller plumpsen ließ, war ein leises »Klick!« zu vernehmen. Alle schauten verwundert auf Ingrids Teller um dem ungewöhnlichen Geräusch auf den Grund zu gehen. Als sie den Gänsemagen umdrehte stockte ihr der Atem. Da lag er vor ihr! Goldgelb glänzend schaute er halb aus dem bläulich-gelben Fleisch der Magenwand, ihr Bernstein, den sie längst als verloren glaubte. Vor Rührung und Freude bekam sie feuchte Augen und sie befreite ihre Anspannung, indem sie hemmungslos schluchzend ihren Tränen freien Lauf ließ. Einer der Gänse hatte nach der Bunkersprengung den verloren geglaubten, Millionen Jahre alten Harztropfen verschluckt. Er hatte sich in der Magenwand dieses Tieres eingenistet und wurde auch beim Einmachen nicht entdeckt. Jetzt musste sie natürlich das Geheimnis verraten und erzählen, wie sie diesen Bernstein, ein Geschenk von ihrer Oma, die ganze Zeit behütet und versteckt hatte.

Noch lange war dieses Ereignis ein Thema am Familientisch. Immer wenn es Gänsefleisch aus einem Weckglas gab, wurde dem Magen dieses Tieres eine besondere Aufmerksamkeit gewidmet, ob darin nicht noch was Geheimnisvolles zu entdecken war.